박 의 섭

방송동극집

라디오 가족여행

경성-목포

박의섭 방송동극집 **경성-목포**

등 록 1994.7.1 제1-1071
인 쇄 2009년 4월 20일
발 행 2009년 4월 30일

지은이 박의섭
펴낸이 박길수
편집인 소경희
디자인 이주향
마케팅 김미애
펴낸곳 도서출판 모시는사람들
　　　110-775/서울시 종로구 경운동 수운회관 1207호
전화 735-7173, 737-7173 / 팩스 730-7173

출 력 삼영그래픽스(02-2277-1694)
인 쇄 (주)상지피엔비(031-955-3636)
배 본 문화유통북스(031-937-6100)
홈페이지 http://www.donghakbook.com

값은 뒤표지에 있습니다.

ISBN 89-90699-69-5

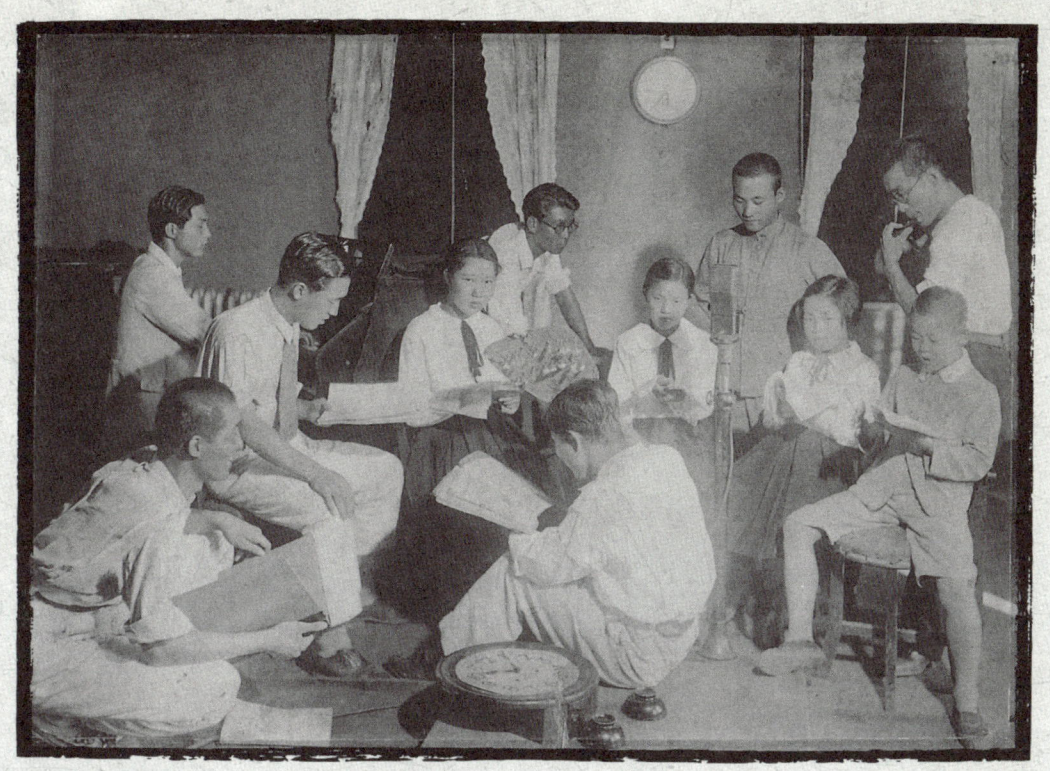

박의섭
방송동극집

라디오 가족여행

경 성-목 포

박 의 섭 지음

돌인 모시는사람들

나의 아버지 박의섭

작가 박의섭은 올해(2009)로 93세가 되신 나의 아버지이시다.

여기에 소개하는 작품들은 아버지께서 약관을 전후한 시절에 집필하여 실제로 방송되었던 방송극 대본들이다. 70여 년이 지난 지금 아버지의 방송극 대본들이 오랜만에 햇빛을 보게 되었다.

아버지는 소학교, 중학교 시절에 방정환 선생과 정순철 선생 등을 가까이 할 기회가 많아서, 자연스럽게 그분들로부터 극작이나 동요 작사, 작곡에 많은 영향을 받았다는 말씀을 하셨다.

내가 어렸을 적에 음악 전문 서적들과 적지 않은 아동극 원고들이 쌓인 방에서 아버지의 풍금 반주에 맞추어 당신이 창작한 동요를 우리 4남매가 따라 부르던 기억도 엊그제 같다.

그러나 아버지는 나이 25세 되던 1942년, 일제에 의해 경성방송국의 조선어 방송이 폐지됨에 따라 6년이란 짧은 방송 활동을 접게 되었으며, 그 후로는 모든 꿈을 뒤로 한 채 평범한 직장인으로서의 길을 걸었다.

그 후 해방이 되고, 6·25전쟁 등 많은 사회적인 변동을 겪으면서 여러 차례 집을 옮길 때마다 나의 아버지는 다른 무엇보다도 1930년대 자신의 작품인 방송극 대본들과 동요곡집 그리고 미발표된 작품 원고 묶음 등을 먼저 챙겨 이삿짐을 정리하셨다.

그 빛바랜 원고들을 나 역시 집안의 보물이라 생각하고 보관해 오던 중 최근에 서재 정리를 하면서 이 분야에 관심 있는 후학들에게 학술적으로 연구하는 데 좋은 자료로 활용될 수 있지 않을까 하는 생각으로 공개하게 된 것이다.

마침 한양대학교 국어국문학과 윤석산 교수께서 이를 검토하고 훌륭한 연구논문까지 발표하시어 아버지 생전에 당신의 작품이 긴 잠에서 깨어나 이제 세상 밖으로 나오게 되었으며 이에 진심으로 감사한 마음뿐이다.

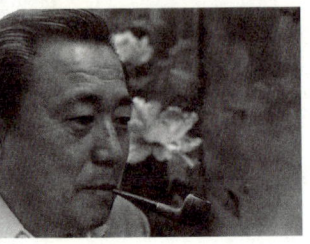

나의...
아버지...

　아버지가 소장해 오신 방송극 대본 자료집은 모두 2책으로 제1책은 가로 19.8cm×세로28cm 크기에 모두 122쪽에 달하며 11편의 작품이 실려 있고, 제2책은 17cm×24.5cm 크기에 520쪽에 달하며 21편의 작품이 실려 있다. 이들 중에 이번에 소개되는 15편은 아버지가 직접 창작하시거나 각색한 작품이며 그 밖의 작품들은 동료 작가들의 창작 또는 각색 작품으로, 출연진이 밝혀져 있는 경우 대개 아버지가 성우 또는 연출로 명기되어 있는 것으로 보아 이 자료에 수록된 모든 작품들에 아버지가 직·간접적으로 관여하신 것만은 분명하다.

　또한 각 대본 표지에는 '朴義燮'이라는 본명 이외에 '朴宜涉' '金順禎' 등의 필명을 쓴 경우도 있다.

　아버지께서는 방송극 대본 외에도 아버지가 직접 작곡한 악보 원본과 다른 작가의 악보 원본, 방송 출연 사진 등 다수의 자료를 보관해 오셨다.

박 의 섭 . . . . .

작품 원본들이 옛 미농지나 갱지에 기록되어 대부분 보관 상태가 좋지 않아 그 중 아버지의 창작 또는 각색한 작품 가운데 해독이 가능한 15개 작품을 선정해서 이번에 출간하게 되었다. 다만 방송극 대본의 독해가 쉽도록 현대어로 수정하였음을 독자들께서 이해해 주시길 바란다.

방송대본에는 아버지가 당신의 전용 오선지에 직접 그렸던 악보 가운데서 몇 편을 삽입하였다.

끝으로 아버지의 작품들이 새로 태어나게 해주신 윤석산 교수께 다시 한번 감사 말씀 드리며 이 작품들을 산뜻한 책으로 엮어 주신 도서출판 모시는사람들의 박길수 사장님과 편집진께 무한한 감사의 마음을 전한다.

2009년 4월 10일

朴 基 成

박의섭 방송동극집

라디오 가족여행
경 성 - 목 포

목차

서문　나의 아버지 박의섭　4

1부
방송극본

경성京城-목포木浦 11 | 가을밤 27 | 기차놀이 39

달나라 53 | 달아 달아 밝은 달아 71 | 돌아오신 아버지 85

누나의 병(病) 103 | 심청(沈淸) 119 | 어린이 세계 133 | 여우의 재채기 149

외투(外套) 163 | 의리 있는 호랑이 179

정희(貞姬)의 효성(孝誠) 195 | 잠자리 213 | 숲속의 겨울 229

2부
작품해설

통암 박의섭의 방송동극 연구/윤석산 245

1부

방송극본

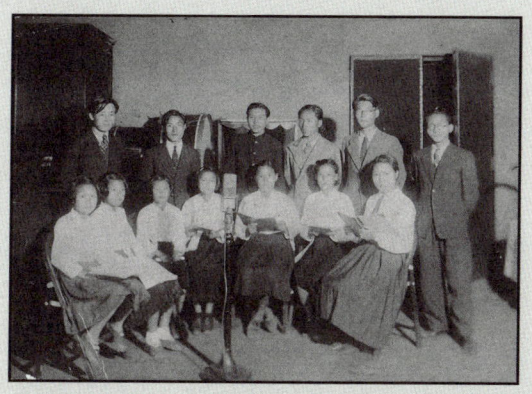

아동극 "가을밤" 방송(1940년 9월 23일) 백합어린이회원들과 함께 기념 촬영

장소_ 경성방송국 성우실

(좌측 둘째줄 첫번째 박의섭)

라듸오旅行

"京城 ○ 木浦"

라디오여행 "경성-목포"

박의섭 작

1938.5.31. 방송대본

나올 사람

인경_ 조카, 언니

혜련_ 조카, 동생

아저씨

천림_ 사촌

(효과) 기차(汽車) 가는 소리

인경(寅卿) 아저씨, 지금 우리가 어딜 가죠?

아저씨 기차 타고도 아직 어딜 가는지 몰라? 목포까지 가지 어딜 가. 나
하고 같이 목포 우리 집에 간다고 그러지 않았어!

혜련(惠蓮) 아저씨 그런데 왜 이 기차엔 「부산행」이라고 달았어요? 이대
로 타고 자꾸 가면 부산이 되지 않겠어요, 아저씨?

인 경 참 그렇겠네….

아저씨 뭣이 그래. 너희들은 지리를 배웠대도 책으로만 배웠지, 정말
필요한 데는 쓰지 못할 모양이로구나. 철도가 어디나 기차 탄
그대로 가게만 놓였다더냐? 갈아 타는 수도 많지….

혜 련 언니 그럼 어디서 갈아 타야 목포 가우?

인 경 대전서 갈아 타죠?! 그렇죠 아저씨!

아저씨 네 책가방에 조선 지도 안 넣어 가지고 왔니? 있거든 얼른 끄내
서 좀 펴 놓고 보렴.

(효과) 지도 펴는 소리

인 경 아저씨 분명히 대전서 갈아 타면 되겠어요.

아저씨 맞았다. 서울서 탄 대로 바로 목포로 가는 기차도 있지만 우리가
탄 이 기차론 바로 갈 수 없고 지금은 대구나 부산 방면으로 가
는 손님들과 같이 탔다. 이따 대전 가서 목포 가는 호남선으로
갈아 타야 한단다.

혜 련   언니! 남경성역(영등포)을 지난 지 얼마 안 되는데 벌써 수원이
       되나 봐요?

인 경   너 영등포가 남경성역이라고 고쳐진 거 아니?

혜 련   언니도 참. 전번에 인천 갈 때에 가르쳐 주지 않았수. 그런데 영
       등포까지는 서울이니까 서울서 나와서 몇 정거장 지난 셈유?

인 경   시흥, 안양, 군포 그리고 인제 수원이니까 네 군데구먼.
       (효과) 기차 그치는 소리, 역부 소리―인천이나 여주 방면으로 가실 분
       갈아 타십쇼.

아저씨   아 벌써 수원이로구나! 여기 두 시간만 있으면 내려서 한번 구
       경할 만한 곳이다. 큰 고을일 뿐만 아니라 역사적으로 유명한
       여러 가지 고적도 많고 경치 좋은 곳도 많다. 정거장에서 내려
       서 시내까지는 동쪽으로 한참 걸어가야 되는데, 여기도 성이
       있어서 보통 남문이라고 하는 팔달문으로 들어가서 번화한 거
       리를 죽― 내려가면 북문이라고 하는 홍화문(虹華門)이 보이고
       또 그 바른편으로, 그러니깐 시내에 동쪽으론 맑은 시내가 흐
       르며 방화수류정(訪花隨柳亭)이란 경치 좋은 정자도 있다. 성이
       라든지 또 이곳에서 그리 멀지 않은 화산릉이라든지 다― 가 볼
       만한 곳이다. 그리고 참 이 바른편 창 밖을 좀 보아라. 큰 호수
       같은 것이 보이지. 그게 서호(西湖)라고 하는 호수야. 경치도 좋
       지. 그리고 그 왼편으로 넓은 들의 농사 짓는 물이 모두 그 서호

의 물이다. 그리고 저 멀-리 왼편 숲속에 보이는 거기가 수원고
등농림학교(水原高等農林學校)고 그리고 그 뒤로는 농사시험장
(農事試驗場)이 있어서 여기 이 논이나 밭이 다- 농사 시험장의
것이란다. 농사가 다 잘 되었지-. 농사 짓는 모범을 보이는 거니
깐-. 그리고 참, 이 바른편으로 쭉- 뻗은 철도는 인천(仁川) 가
는 게고, 왼편 것은 여주(驪州) 가는 철도란다. 알겠니? 응.

혜 련   언니 정말이지 이따금 여행도 하고 하다 못해 원족(遠足)이라도
해야 좋은 자연 경치도 보고 농사짓는 것이 고마운 것도 알겠
어.

인 경   그럼. 얼마나 좋냐-. 시골사람들은 서울을 무척 좋게 생각할지 모
르지만 서울사람, 하여튼 도회지 사람은 시골이 또 퍽 좋와 뵈-.

아저씨   이제야 그런 것들을 알았단 말이냐?! 시골은 그저 불편하고 어
둡고 시대에 뒤떨어져 가는 것으로만 여기기 쉽지만 다 각각
좋은 점이 있구 말구.

   (효과) 기차 닫는 소리-떠나는 소리- 성환(成歡)입니다.

아저씨   벌써 성환에 왔구나. 너희들은 아마 여름마다 성환 참외를 맛있
게 먹었을 게다. 그 성환이란 곳이 바로 여기다. 기차에서 내려
서 저 동쪽으로 얼마 안 가서 일청(日淸)전쟁 때 맨처음 싸운 곳
이란 기념비가 서 있다.

혜 련   네?! 여기가 그렇게 유명한 곳예요?

인 경	아저씨 그런데 참 여기까지도 아직 경기도죠?
아저씨	아니다. 벌써 조금 전에 경기도와 충청남도와의 경계는 지났다. 여기는 물론 충청남도다. (사이)
	(효과) 기차 닿는 소리–떠나는 소리
아저씨	벌써 천안(天安)이로구나.
혜 련	아저씨, 여기는 어떤 곳이에요? 천안도 퍽 큰 곳인데—.
아저씨	천안도 근년에 퍽 커진 곳이지. 안성을 거쳐서 장호원으로 가는 철도와 온양온천(溫陽 溫泉)을 거쳐서 군산항(群山港) 맞은편 장항(長項)이란 곳까지 간 두 철도가 갈려 간 곳이다. 그리고 이 근방에서 가을이면 많은 곡식이 나지. 그래서 또 큰 장도 서고.
인 경	아저씨 다음은 어디죠? 아마 조치원(鳥致院)일 게야.
혜 련	언니 난 조치원이 더 훨씬 먼 곳이라구—.
아저씨	멀긴 뭘 멀어—. 자꾸 가는 데야 먼- 곳도 점점 가까워지니까 그렇지. 조치원도 아까 지난 천안이나 마찬가지로 십수년래에 그렇게 커진 곳이고 별로 볼 것은 아마 없을 게다. 동북쪽으로 뻗어서 충청북도의 도청이 있는 청주읍(淸州邑)을 지나서 충주(忠州)까지 들어간 철도가 여기서부터 갔다. 이 다음부터는 지도를 볼 때 무엇보다도 철도를 잘 봐. 퍽 재미있다.
	(효과) 기차 소리, 역부 소리
아저씨	벌써 대전(大田)에 왔구나. 아까도 얘기했지만 서울서 목포(木

浦)까지 직통 기차가 아니고는 모두 여기서 호남선으로 갈아 타
야 되니까 어서 내려야지ㅡ.

혜 련   아저씨 이 기차는 부산으로 가죠?

아저씨   그래ㅡ. 어서 저-리로 건너가서 목포 가는 기찰 타자.

인 경   이 대전이란 곳도 퍽 크지요?! 여간 많은 손님이 내리는데요.
        (걸어가며) (사이)

혜 련   아저씨 그런데 목포까지는 아직 멀어요? 지금까지 온 것보다
        도 더 멀리 남았어요?

아저씨   그럼 더 멀리 남고 말고. 이 대전은 철도가 놓인 뒤에 생긴 곳이
        라고 해도 과언이 아닐 새 도시(都市)다. 그렇지만 지금은 이렇
        게 큰 두 철도가 놓인 교통상 중요한 곳이 되고 전엔 공주읍에
        있던 충청남도의 도청까지도 이곳으로 옮겨 오게 된 큰 곳이
        되었단다. 인구도 아마 사오만(四,五萬)은 되지ㅡ.

인 경   아저씨, 저 바른편으로 퍽 높은 산이 하나 보이지 않아요? 그게
        무슨 산입니까?

아저씨   어디, 아- 저 산 말이냐? 그게 전설 많기로 유명한 계룡산(鷄龍
        山)이다. 잘 보아라.

혜 련   아저씨. 목포까지 가는 도중에 볼 만한 것이 있는 곳은 내려서 구
        경하신다더니 어디 한 군데나 내렸수?

아저씨   글쎄 구경을 하자면 맨 구경할 경치 좋은 곳뿐이고 역사상 유

명한 도읍(都邑), 고적(古跡) 또 절(寺) 그걸 다 어떻게 일일이 내려서 구경한단 말이냐. 그러다 목포엔 언제 가 닿구-. 그러니간 이 기차에 탄 대로 멀리 바라다볼 수 있는 건 될 수 있는 대로 다 보도록 하고 쉴 새 없이 이야기해 주지 않니-.

인 경   그래도 단 한 군데라도 내려서 구경하고 가야죠 뭐-.

혜 련   아저씨, 저- 은진(恩津)의 돌미륵은 굉장히 크고 유명하다는데 꼭 보고 가야 해요 네?

아저씨   그렇게들 원하면 그래 한두 군데 구경하고 가지. 어딜 내려서 보나-? 옳지 바로 요 다음이 논산(論山)이니까 논산서 내려서 버스를 타고 얼른 은진의 미륵도 가 보고 또 이왕 내린 길이면 백제 나라 때의 서울이었던 부여(扶餘)도 보고, 금강(錦江) 위로 배 타고 강경(江景)으로 내려가서 다시 기차 타고 가기로 하자 꾸나.

인경, 혜련 아이 좋아….

          (효과) 기차 소리-역부 소리, 자동차 소리 (한참 사이)

아저씨   참 고요하고 좋은 곳이다. 저-기 절(寺)이 하나 보이지. 거기가 그 큰 미륵이 있는 관촉사(灌燭寺)란 절이다. 점점 미륵님도 크게 뵈기 시작하지?

혜 련   아유 어쩌면 저렇게 커요? 아저씨 저 높이가 얼마나 돼요?

아저씨   키가 스물세 「미돌(m)」이고 말이야 저 머리 위의 갓만도 두 「미돌(m)」이나 된다지. 자 그럼 어서 우리 부여로 가자.

인 경   아 정말 옛날 서울이었던 만큼 어떻게 쓸쓸한 게 모두 값 있어 뵈는지 모르겠어-.

아저씨   시간도 얼마 없고, 일일이 시내로 다니면서 구경할 수 없으니까 우리 저- 부여의 뒷동산인 부소산(扶蘇山)에 올라가서 내려다보 면서 볼 만한 것은 내 설명해 주기로 하마.

인경, 혜련   네- 것도 좋아요. (사이)

아저씨   얘들아 바른편으로 바로 우리 발밑을 좀 보아라. 옛날 성이 있 지!? 그게 반월성(半月城)의 남은 것이고, 멀리 뵈는 저 여러 절이 든지 돌탑들이든지 모두 백제 나라 때의 서울이었던 남은 증거 들이다. 그래 너희들 생각에도 여기가 옛날 서울이었던 것 같 으냐?

인 경   아저씨, 그리고 저 앞으로 둥글게 구비쳐 흐르는 강이 금강(錦江) 입니까?

아저씨   너 지리 퍽 잘 아는구나. 그렇다. 그게 바로 금강이다. 우리가 인제 그 강 위로 배 타고 강경으로 갈 테야.

(효과) 한참 동안 배 젓는 소리 (사이)

혜 련   강은 그리 크지 않지만 올라가고 내려오고 하는 배가 굉장히 많군요?!

아저씨   넌 또 뭐든지 조심해 보는 것도 많다. 참말 그렇다. 이 지방은

　　　　　　참 벼 잘 되는 논이 이렇게 많이 널리고 또 이 금강의 물이 많기

　　　　　　때문에 물 근심 없고, 그래서 「곡식의 광」이라고 옛날부터 말해

　　　　　　오는 지방인데 그 많은 곡식을 일일이 기차나 자동차, 우차 같

　　　　　　은 것으로만 실어 낼 수도 없으니까 이렇게 일년 사시절을 나

　　　　　　르는 배가 많단다. 경치도 좋지ㅡ.

인　경　　　아저씨. 저-기 보이는 동네가 어딥니까? 강경은 아직 멀었나요?

아저씨　　　어디- 아니다. 거기가 바로 강경읍이다.

혜　련　　　아저씨. 그런데 웬 사람들이 저렇게 사방에서 많이 모여들어

　　　　　　요? 아마 오늘이 장날인가 보죠?!

아저씨　　　아 참, 넌 조심해 보기도 잘 한다. 오늘이 아마 강경의 장날인가

　　　　　　보다. 여기 장이란 아주 유명한 장이다. 아마 전 조선에서도 평

　　　　　　양, 대구 그 다음쯤은 갈 그런 굉장한 장이 서는 곳이다.

　　　　　　(효과) 기차 소리 (사이)

인　경　　　기차만 탈 때는 모르겠어도 한번 내려서 자동차나 배를 타든지

　　　　　　걸어 보면 그래도 기차가 제일 빠르기도 하고 또 그중 편안해.

　　　　　　너도 그렇지!?

혜　련　　　응 정말 나도 그래.

　　　　　　(효과) 기차 소리, 역부 소리 (사이)

혜　련　　　아저씨 여기가 이립(裡里)니까? 그런데 어쩌면 여러 군데로 가는

　　　　　　철도가 여기도 많아요?

인 경   어디, 참, 손님들도 퍽 많이 내리는데요.

아저씨   뭣이 여러 군데야?! 두 군데로 갈리는 것밖에 어디 더 있어? 하
          나는 서쪽으로 뻗어서 군산(郡山)까지 가고 또 하나는 동남쪽으
          로 뻗어서 전라북도의 도청이 있는 전주(全州)를 거쳐서 여수항
          (麗水港)까지 가는 두 선(線)이 있을 밖에―.
          (독백) 이리도 참 해마다 크긴 하는군―.

혜 련   그리고 참 여기는 벌써 전라북도지요?

아저씨   아 그럼. 아까 강경서 떠난 지 얼마 안 된 데서부터는 벌써 전라
          북도다. 여기도 역시 철도가 놓인 이후(以後)로 발달한 도읍(都
          邑)이지만 이 근방에서 나는 모-든 물산(物産)을 군산 같은 큰 항
          구나 또 저- 남쪽 여수까지 철도로 실어 내는 그런 중심지도 되
          구. 인구도 아마 2만은 넘을 걸―. 그리고 참 여기도 방송국이 하
          나 생긴다더라. 멀지 않아서 방송도 하기 시작한다던 걸―.

인 경   아저씨, 아직 목포까지는 멀었어요? 오늘 해로 못 갈까 봐―.

혜 련   목포는 뭐 전라남도의 끝이라는데 아직도 전라북도니까 멀었지.
          언니 그렇지?!

아저씨   너희들은 다- 처음 가는 길이니깐 멀어 뵈지만 난 늘 다니니까
          그저 기차 타고 이웃집 다니는 것같이밖에 생각되지 않고 또 기
          차 창 밖을 바라보면 다음은 무슨 산 다음은 무슨 내 이렇게 알
          아 맞추는 게 재미도 있고 다음 정거장은 어디고 그 다음 정거

장은 어딘 걸 아니깐 지루한 줄 모르겠는데—.

혜 련　　아저씨 저- 산기슭으로 지금까지 보지 못하던 시퍼런 숲들이 가끔 있는데 그게 무엇입니까, 아주 퍽 좋아요.

아저씨　오- 저-기 저것들 말이냐? 인경이 너도 좀 봐라. 저기 저 산기슭으로 군데군데 울타리처럼 밑으로 시퍼런 숲이 우거지지 않았니. 그걸 몰라!

인 경　　그게 무슨 나무들이야. 참 처음 보겠어-.

아저씨　조선서는 아마 이 지방에나 와야 구경할 수 있는 대나무 숲이다. 옛날부터 대나무는 전라도에나 가야 본다고 하는데 전라도에도 전라남도로 들어서면서부터야 정말 대나무가 숲을 이룬 경치를 볼 수 있지!

혜 련　　옳아 대나무 숲이 저래요. 알았다.

인 경　　아저씨 그럼 인젠 전라남도에 들어온 셈입니까?

아저씨　어디 좀 잘 봐야 알겠는데. 벌써 김제(金堤), 정읍(井邑)을 다 지났으니깐 분명히 남도(南道)로구나.

　　　　　(효과) 기차 소리, 역부 소리 ― 송정리입니다. (사이)

인 경　　여기가 벌써 어디야?! 뭐- 송정-?

혜 련　　송정리(松汀里)지 어디야. 언닌 나만큼도 몰라.

아저씨　혜련이는 참 말도 빨리 한다. 그래 송정리다. 별로 이렇다 할 만한 곳은 아니지만 교통상 중요한 곳이고 전라남도의 도청이 있는 광주로 들어가는 철도가 갈린 곳이지.

인 경 　아저씨 아직도 목포까지는 멀었어요? 어서 가서 아주머니도 뵈
　　　구 동생들도 만났으면 좋겠어요, 참.

혜 련 　정거장에까지 마중 나왔을까. 뭐- 어느 차에 오는지 알까?

아저씨 　가만 있거라, 인제 조금만 더 참으면 된다. 아마 이리서 지금 여
　　　기 온 것보다는 훨씬 가까울 게다. (사이) 아 벌써 나주로구나.

　　　(효과) 기차 소리 -역부 소리- 나줍니다.

인 경 　나주라고는 별로 듣지 못하는 곳 같아요. 나주, 아주 귀에도 서
　　　툴러요.

아저씨 　너희들의 귀엔 서투르지-. 그래도 여기가 아주 유명한 곳이다.
　　　옛날엔 아주 전라도라면 나주가 생각되리만한 곳이었단다. 지
　　　금도 「나주 소반」이라든지 「나주 참빗」이니 너의 집에도 한두
　　　개는 다 있을 것이다. 이게 다- 이 지방에서는 아직도 큰 산업의
　　　하나고 또 그밖에 대가 많이 나는 지방이기 때문에 여러 가지
　　　대로 만든 세공품(細工品)도 많이 난다.

혜 련 　네- 나주란 곳이 그렇게 유명해요. 우리들이 모르는 때문인지 옛
　　　날에 유명하든 것이 왜 자꾸 없어져 갈까.

인 경 　인제 더 유명한 곳 없이 목포까지 가게 되나요 아저씨.

아저씨 　아마 인제 더 별로 이야기해 줄 만한 곳도 없이 목포에 들어가
　　　닿을 게다. (사이) 자- 오래간만에 바다를 보게 됐지. 왼편으론

가끔 바다가 보게 되지. 본시 목포 가는 길이 무안반도(務安半島)란 긴- 반도 끝에 있기 때문에 전라남도의 끝은 벌써 다 온 셈이다. 그렇지만 아직 양쪽으로 바다를 보면서 이렇게 달려가는 셈이지.

(효과) 사람 떠드는 소리, 역부 소리, 기차 소리—목포 다 왔습니다.

인경, 혜련	정희 석건, 천림이 마중 나왔나 볼까.
천림(天琳)	애 저기 인경이하고 혜련이하고 아버지 따라온다.
정희(貞姬)	인경아, 혜련아-.
아저씨	잘들 있었니? 서울 언니 잊어 버리지 않고 잘 알겠니?
인경, 혜련	잘 있었니? 정희도 퍽 컸구나.
아저씨	자 어서들 집으로 가자.
천 림	너희들 처음 와 보지? 서울보다 어때-.
인 경	아주 목포도 큰 도회지인데. (자동차 소리)
혜 련	정희 너의 학교는 어디쯤이냐?
정 희	우리 학교. 저- 앞에 높은 산이 뵈지. 그게 유달산(諭達山)이란 산인데 말이야 그 기슭으로 많은 집들이 있지. 그 바른편 끝으로 뵈는 긴- 게 우리 학교야. 여름에도 서늘해 좋고 바다가 바라뵈는 게 퍽 좋아.
천 림	애들아 정희네 학교 그 왼편으로 좀 봐. 기(旗) 띤 집도 뵈고 큰 집들도 많지. 거기에 측후소(測候所)도 있고 부청(府廳)도 거기고

학교들도 여럿 있다.

정 희   그리고 또 집이 많이 보이지 않아. 또 그리 죽– 내려오면 목포에
         서 제일 번화한 거리다.

아저씨   그럼 너희들 집에 들어가기 전에 항구 구경을 하고 갈 테냐? 목
         포야 항구밖에 더 볼 것 있나. 아직 훌륭한 축항(蓄港)은 안 되었
         지만 그래도 이 항구에서 실어 내는 쌀이나 면화(綿花)는 적지
         않은 것이고 가을같이 한창 바쁠 때는 수십 쌍의 상선(商船)이
         들어와 닿아서 짐을 싣고 또 진도나 제주도로 가는 손님들은
         대개 이리로 해서야 가게 되는 매우 교통상 중요한 곳이다.

혜 련   저– 건너 보이는 육지는 섬입니까, 반도입니까?

아저씨   어느 것 말이냐? 저 바른편 것은 삼학도(三鶴島)란 섬인데 그 섬
         이 있어서 목포 항구의 경치를 더욱 좋게 만들고 그 왼편으로
         길게 뵈는 것이 무안반도와 마주 서 있는 영암반도(靈巖半島)인
         데 그 반도 끝에는 옛날 잠수함인 거북선의 근거지였다는 유명
         한 곳이란다.

         (효과) 기차 소리 물결 소리–사람들 떠드는 소리

                                                        - 끝

兒童劇
가을밤.
全二景

百合어린이會
朴 義燮 作
金 虎俊 指導
1940. 9. 23. 放送台本

曺中■■

아동극 **가을밤**

전이경(全二景)

박의섭 작

百合어린이會 金虎俊 指導

1940. 9. 23. 放送臺本

나올 사람

베짱이ㄴ 갑(甲), 을(乙), 병(丙)

귀뚜라미ㄴ 갑(甲), 을(乙)

명자(明子), 순희(順姬), 김선생(金先生)

귀뚜라미

- 소파小波 요 | 극영克榮 곡

(합창) 귀뚜라미 귀뚜르르 가느단 소리

달님도 추워서 파랗습니다

울 밑에 과꽃이 네 밤만 자면

눈 오는 겨울이 찾아온다고

귀뚜라미 귀뚜르르 가느단 소리

달밤에 오동잎이 떨어집니다.

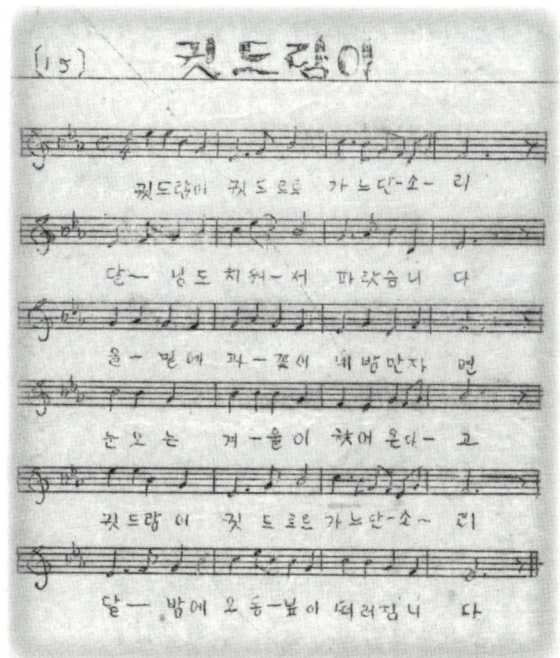

해　설	팔월(八月) 대보름이 훨씬 지난 어느 달 밝은 가을날 저녁입니다.
	언덕 위의 공원 너른 마당 풀 속에서는 귀뚜라미 여러 형제와
	베짱이 여러 동무들이 합창(合唱)을 하면서 아주 재미있게 놀고
	있습니다.
	(效果) 유쾌(愉快)한 레코-드 반주(伴奏)
여러벌레들	(손뼉을 치며) 아— 참 재미있다. 날이 추워 오니까 며칠 못 가서
	헤어지게 될 것 아니냐.
귀뚜라미갑(甲)	아무렴 그렇고 말고. 이렇게 춥다가는 며칠 못 가서 우리들의
	시절도 그만이지.
베짱이을(乙)	그럼 이제 헤어지면 내년 여름에나 다시 만나 놀겠구나.
귀뚜라미을	아이, 그동안 움 속에서 심심해서 어떻게나 지내니!
베짱이병(丙)	참 섭섭한 마음이 나는데.
베짱이갑	그러니 말이다. 우리가 이렇게 모인 것도 오늘이 마지막 날인
	지도 모르니까 우리 제각기 지나간 여름 동안에 재미있던 일
	또 섭섭했던 일, 이상한 일을… 당했든지 보았든지 제각기 이
	야기를 하며 노는 것이 어떠냐?
귀뚜라미갑	자— 그럼 그것도 좋으니 누구부터 이야기하련. 작은애부터 할
	까?!
베짱이을	뭘! 아무나 먼저 하고 차례 차례 하지 뭘 그래.
귀뚜라미을	어서 큰언니부터 하지 뭘.

베짱이병	그래 큰언니들부터 해야지 돼!
베짱이갑	자, 그럼 내 이야기 한마디 하지. 잘 들어라. 난 이왕이면 칭찬 받은 이야기를 해야지.
귀뚜라미갑	그래 어서 이야기나 해.
베짱이갑	나는 말야, 그 언젠가 잎풀 속에만 있는 게 하도 갑갑해서 요- 아래 명자(明子)네 집에를 갔었지. 그날은 좀 덥던 날인데 명자네 아버지, 어머니 모든 식구가 마루에 앉아서 바람을 쏘이는데 내가 앞마당 꽃밭에 가서 한바탕 목청 좋게 독창을 한번 했지. 아 그랬더니 명자네 식구가 모두 참 베짱이 잘도 우는데 하며 아주 칭찬이겠지. 그래 나는 아주 더- 신이 나서 더 자꾸만 크게 소리를 내었더니 명자 아버지 하는 말이 「참 가을밤에 저런 베짱이가 없으면 가을 기분(氣分)이 안 난다」는 둥, 아주 칭찬을 막 하더라. 그럼 난 그 소리를 가만히 다 듣고 있다가 더- 자꾸 울어대니까 날 가는 줄도 모르고 며칠을 명자네 집에서 지내다 왔다. 자, 난 다- 했으니 그럼 너 해라.
귀뚜라미갑	나- 하지, 해. 난 말이다 혼난 이야기를 한마디 해야겠다. 난 말이다 저- 요 넘어 순희(順姬)네 집에 갔다가 혼날 뻔 했지. 나도 하도 잎풀 속에만 있는 게 갑갑하고 심심해서 순희네 집에를 안 갔겠니. 가서 며칠 동안 마당에서 지내니까 인제는 밖에 있는 게 좀 싫어지길래 순희네 방 안으로 들어가 봤지. 살금살금

방 안으로 들어가서 어디 방 안에서 우는 맛은 어떤가 하고 한 마디 목청 좋게 울어댔더니 마침 순희가 숙제를 하는지 뭘 하는지 열심히 공부를 하다가 「에이 듣기 싫게 왜 방에 들어와서 울어, 난 공부도 못하게…」 하면서 날 막 잡으려고 그러겠지. 그래 혼이 나서 도망해 오느라고 아주 내 혼났다. 아주 그때 생각만 하면 땀이 다 나는데….

베짱이갑   자 그럼 이번에는 네 차례다.

베짱이을   난 우스운 일을 한번 본 이야기를 하지. 그 언젠가… 옳지 그게 바로 추석(秋夕) 전날 밤야. 내가 동네 구경 좀 한다고 저- 길 가로 나갔는데 말이다. 어떤 앤지 아마 부잣집 앤가 보더라. 흰 송편을 양쪽 손에다 들고 나와서 길 가에서 먹고 있겠지. 그런데 아마 그 애 동문데 저의 집에서는 떡을 안 해서 그 애가 먹는 것을 멀거-니 바라보면서 「나 좀 다우」 하니까 이 애가 하는 말이 떡은 주지도 않고 「너 우리 집 떡 많이 했다누, 아주 맛있다」 하면서 주진 않고 약을 올리니까 이 애가 골이 나서 떡 가진 애를 주먹으로 한 번 때리면서 「나도 우리 엄마보고 떡 해 달랜다」 하면서 막 뛰며 도망을 가겠지. 어찌나 우스운지.

귀뚜라미갑   참 모두들 재미있고 우스운 이야기만 하는구나. 자- 그럼 이번에는 네 차례다.

귀뚜라미을   난 말이다. 좀 섭섭한 일을 당한 적이 있지. 지금도 그때 일을 생각하면 그저 눈물이 나올 지경이란다. 그 언젠가 조- 위에 풀밭에서 동무들하고 노래를 하면서 아주 재미있게 노는데 아, 장난꾸러기 아이들 서너 명이 와서 「야! 귀뚜라미 잡자」 하면서 같이 놀던 동무를 잡아서 다리도 떼고 팔도 떼고 해서 그만 죽게 했는데 어찌나 섭섭한지. 난 약빨리 숨어서 잡히지는 않아서 살았지만 어떻게나 섭섭한지. 그 이튿날 그 자리를 가 보니까 참 눈으로 보지 못하겠더라. 맨 팔 다리를 떼어서 헤쳐 놨겠지. 참 지금 생각하더라도 눈물이 날 것 같은데…. 에이 몸서리가 다 나네.

베짱이갑   아이구 지금도 눈물이 나올 듯 나올 듯 하는데. 자 그럼 맨 끝으로 네 차례다. 어디 무슨 이야기냐.

베짱이병   난 나이도 어리고 해서 별로 나다니지를 않고 그저 늘 잎풀 속에서만 왔다 갔다 하며 여름을 지냈으니까 별로 이야기할 게 없는데.

귀뚜라미갑   그래도 잎풀 속에서만 지냈더라도 무슨 일이든지 있을 텐데 뭘 그러니.

베짱이병   정말이다 없다. 있다며는 그 언젠가 낮에 잎풀 속에서 낮잠 좀 자려고 드러누워서 막 잠이 드는데 저 마당에서 애들이 공 장난 하다가 공이 이리 와서 내 머리께로 떨어져서 깜짝 놀랜 일이 있지. 뭐- 난 그거밖에 없다.

귀뚜라미갑   놀랜 일이로구나. 참 모두들 재미있는 이야기만 해 주어서 잘
                     들었다.

                     (이때 멀-리서 순희, 명자, 영순이, 김선생 노래를 하며 온다)

                     달아 달아 밝은 달아 이태백(李太白)이 놀던 달아

                     저기 저기 저 달 속에 계수나무 박혔으니

                     옥도끼로 찍어 내고 금도끼로 다듬어서

                     초가삼간 집을 짓고 양친 부모 모셔다가

                     천년만년(千年萬年) 살고지고 천년만년 살고지고

베짱이갑   애들아, 저기서 애들도 오는데 우리 그만 집으로 가서 자자.

귀뚜라미갑   아- 너무 오래 놀았는 걸.

일 동   에이 졸려. 얼른 가서 자야지.

                     (效果) 고요한 레코-드 반주 (사이)

영 순   참 달도 밝다. (달아 달아 밝은 달아 노래를 한번 외인다.)

김선생   아주 영순이는 시인(詩人) 같은데 그래. (모두 웃는다)

명 자   선생님 인제 날이 제법 선선한데요.

김선생   글쎄 말이다. 예년에 비해서는 좀 이른 편인데!

순 희   날이 선선하니까 베짱이며 귀뚜라미가 아주 덜 우는데요.

김선생   글쎄 말이다. 별로 우는 소리가 덜 나는데 그래. 날이 이렇게 선

선하니까 모두들 웅크리고 들어갈 준비를 하고 있는 게지.

영 순   참, 선생님!

김선생   응! 왜 그래. (사이) 아니 영순이 너 무슨 말을 하려고 하다가 그 만두니 응!

영 순   저 지금 벌레들의 우는 소리가 아주 구슬픈 울음 소리 같이 들리는데요.

김선생   글쎄 말이다.

명 자   참 애도, 울음이란 언제나 슬픈 의미를 표하지 않니.

영 순   애 좀 봐. 하도 기뻐서 나오는 울음과 정말 슬프고 서러워서 나오는 울음과 울음에는 두 가지가 있는 것이다.

김선생   그렇지. 하도 반갑다든지 좋다든지 해도 울음이 자연히 나오는 거니까.

순 희   지금 우는 벌레 소리야 뭐- 차차차차 서로 서로 헤어질 테니까 좀 서러워서 서럽게 우는 게지 뭐-.

명 자   귀뚜라미나 베짱이나 또는 다른 우는 벌레들이 처음 나와서 만나가지고 우는 거 봐라. 서로 만났다고 반갑고 좋아서 그저 장단을 맞춰 가며 좀 잘 울데. 지금이야 우는 게 싱겁지 뭘!

김선생   그래 명자 말이 그럴 듯하다. 지금 우는 거야 이쪽서 한번 울면 얼마 있다가 저쪽에서 울까 말까 하지. 자 이곳 풀밭에 모두 앉거라. 다리 좀 쉬어가며 이야기나 하며 놀다 가자.

명 자	선생님 올 추석은 어떻게 지내셨어요?
선생님	나? 나야 늘 기쁘게 지냈지. 그래 너희들 어떻게 보냈니?
순 희	네 저희도 즐겁게 보냈어요.
김선생	그런데 말이다, 너희들 송편을 해 먹었니?
영 순	아이 선생님도. 아 추석에는 으레 송편을 먹지 뭘 먹어요.
김선생	그러나 지금 같은 양식이 귀한 때는 너무 많이 만들어 먹으면 안 된단다. 쌀을 아끼자는 건 잘들 알겠지….
명 자	네 참 그래요. 그러지 않아도 우리 엄마는 자꾸만 많이 하자는데 아버지께서는 많이가 뭐냐고, 양식이 귀해서 밥해 먹기가 어려운데 많이가 뭐냐고 하셔서 집안 식구끼리 쪼금 해 먹었대요.
순 희	우리는 집에서 하지 않고 쪼금 사다가 먹었다.
영 순	그래도 모두들 안 먹지는 않았군….
명 자	그런데 말예요. 선생님, 어째서 팔월(八月) 대보름을 추석이라고 정해 놓고 명절로 지키나요.
김선생	글쎄 말이다. 옛적부터 추석 명절이라고 해 내려오며 으레 그 날이 되면 그 해 햇곡식으로 떡을 해서 먹으며 즐기는 습관이 내려왔으니까 우리들은 그저 따를 뿐이지.
순 희	하여튼 추석 때는 좋은 때야. 여기 저기서 벌레들이 듣기 좋게 울음을 울고, 춥지도 더웁지도 않아서 공부하기도 좋고. 참 요

때가 제일 좋은 때야.

명 자　참 좋은 때고 말고…. 바람이 한들한들 불고 햇볕이 뉘엿뉘엿 모든 곡식이 누-렇게 익어서 햇곡식도 먹게 되고….

김선생　하여튼 좋은 계절이다. (사이) 그런데 아까 생각이 잘 안 나서 이야기를 못 했는데 지금에서야 겨우 생각이 나는구나. 추석이란 명절(名節)이 지금부터 이천여 년 전(二千餘年前) 신라시절(新羅時節)에 말이다, 그 어느 임금님 때인지 잊었지만 그 임금님께서 해마다 팔월 보름께면 편을 갈라서 무슨 시합(試合)을 시켜서 이긴 편에는 많은 상(賞)을 주는 놀이를 했는데 이것이 연중행사(年中行事)로 되었더란다. 가을의 중간에 생기는 일이라 중추가절(仲秋嘉俳節)이라고도 하고 그냥 중추명절(仲秋名節)이나 가배절(嘉俳節)이라고 이름을 붙여서 놀이를 했었대. 그래 지금도 흔히 추석을 중추절이니 가배절이니 하기도 한다. 자세히는 모른다마는 그런 일이 있어서 오늘날까지 내려왔다고 하더라. (사이)

영 순　아이유, 달이 벌써 저렇게 높이 올랐네. 시간이 얼마나 됐나!? 선생님 몇 시나 됐어요?

김선생　허! 벌써 아홉시 십오 분 전이로구나. 그럼 슬슬 내려가자. 너무 늦었구나. 자! 그럼 우리 벌레들도 별로 안 우니 우리가 노래를 부르며 가면 어떠냐. 저- 추석(秋夕) 전(前)에 너희들 배웠지 「가을」이라는 동요 말이다.

명　자　　네 한들한들 하는 거 말이죠.

김선생　　그래 그거 말이다.

가 을

- 임원호(任元鎬) 요 | 유기흥(柳基興) 곡

한들한들 부는 바람 서늘한 바람

햇볕이 뉘엿뉘엿 가을이 오네

금빛 수레 타-고서 휘파람 불며

바다 건너 산- 넘어 오시는 손님

수수 이삭 벼 이삭 절하며 맞네

국화꽃 방싯방싯 웃음 쳐 맞네

　　　　　　　　　- 아동극 「가을밤」 종(終)

童謠劇

「기차노리」

— 朴宜涉 作 —

1941. 5. 14. '06.20

梨花會 上演 대본

동요극 기차놀이

박의섭 작

1941년 5월 14일 後 6:20

이화회梨花會 출연 대본

배역配役

원식(元植)＿ 오빠

원숙(元淑)＿ 동생

영이(英伊)

춘자(春子)＿ 원숙(元淑)이 동무

희순(喜順)

아버지＿ 원숙의 아버지

어머니＿ 원숙의 어머니

(노래)

칙칙푹푹 칙칙푹푹 어디 가는 찹니까

서울 가는 찹니다 얼핀얼핀 타십쇼

떠납니다 칙-칙 푹-푹 칙푹칙푹 (두 번 한다)

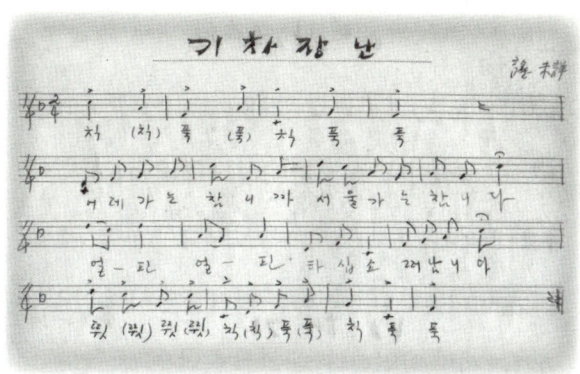

원식(原植)　　(큰소리로) 뙷-다 왔습니다.

원숙(元淑)　　여기는 부엌 앞 정거장예요. 내리실 손님은 앞으로 내리십쇼.

　　　　　　떠납니다. 타실 손님은 얼른 타세요.

영이(英伊)　　아 나는 여기서 내려요. 잠깐만 참으세요.

춘자(春子)　　나는 여기서 탈 테예요.

희순(喜順)　　저-나는 사랑까지 가는데, 사랑까지 갑니까?

원　숙　　　네 갑니다. 어서 어서 타세요.

원 식	뙷- 떠납니다. 칙 칙 칙 칙. 여기는 아랫방 앞입니다. 내리실 손님은 내리세요.
원 숙	아무도 안 계십니까? 그럼 떠납니다. 춘자 손님 어디까지 갑니까?
춘 자	나요!! 저 나무광 앞까지 가요. 차표 주세요. 얼맙니까?
원 숙	네 십전예요.
춘 자	옛어요.
원 식	뙷-나무광 앞입니다. 내리실 손님은 내리세요.
춘 자	나 내릴 테예요.
원 숙	네 고맙습니다. 떠납니다. 다음 정거장은 사랑 앞입니다.
원 식	뙷- 여기는 사랑 앞입니다. 내리실 손님은 얼른얼른 내리십쇼.
희 순	나 여기서 내려요.
원 숙	차표 내고 내리세요.
희 순	네, 옛어요.
원 식	아 인제는 다 내렸구나. 그럼 빈차로 가게 됐군….
원 숙	오빠 빈차로 가면 심심하지, 우리 도로 태워 가지고 간다구! 응?
원 식	그래 자- 그럼 희순이도 또 타라.
희 순	그럼 안으로 도로 가야겠군.
원 숙	자- 어서 타라.
원 식	뙷- 떠납니다. 안으로 갑니다. 뙷- 칙 칙 칙 칙. 자- 나무광 앞입니

다.

원 숙   춘자 너 또 타라.

춘 자   인제 어디로 가나?

원 식   인제는 마루 앞 큰정거장으로 들어가는 길이다.

춘 자   그럼 타야겠군!

원 숙   얼른 타 애, 떠나간다.

원 식   뿟 떠납니다. 뿟 칙 칙 칙 칙. 여기는 아랫방 앞인데 탈 사람이 없으니까 정거 안 하고 갑니다.

원 숙   응 그냥 가 오빠.

원 식   뿟- 칙 칙 칙 칙. 뿟 여기는 부엌 앞입니다.

영 이   애 원숙아 나 또 탄다.

원 숙   그래 얼른 타.

희 순   기차를 타니까 좋은데~.

춘 자   그래 참 재미있지!!

원 식   뿟- 떠납니다. 다음은 마지막 정거장입니다. 뿟- 칙 칙 칙 칙 칙 칙 칙. 다왔습니다.

원 숙   자 인제 다들 내려라.

영 이   야 참 재미있다.

어머니   (어머니 방에서 나오며) 아이, 애들도 잘도 논다. 덥지 않으냐? 그렇게들 뛰고…….

원 식	안 더워 어머니.
어머니	참 너희들은 기운도 좋기도 하다. 오늘이 아마 올 들어 제일 더운 날인데.
춘 자	괜찮아요.
어머니	아이 저 땀 좀 봐라. 방에 들어와서 좀 쉬고 또 놀아라.
원 식	얘들아 우리 방에 들어가련!!
일동(一同)	그래!
원 숙	참 얘들아, 너 내일이 내 생일이다. 그래 오늘 우리 아버지가 기념으로 나 뭐 사다 주신데.
일 동	참 원숙이는 좋겠다!
원 식	너 우리 아버지는 나는 덜 이뻐하고 원숙이만 더 이뻐하신단다.
원 숙	그래도 오빠는 나보다 크니까 그러지. 오빠도 나만 했을 때는 퍽 귀여워 했지 뭐유.
어머니	자 이리로 앉아라. (사이)
원 식	서늘해서 참 좋다. 나가고 싶지 않구나.
원 숙	나 그래도 땀만 걷으면 또 나가서 기차놀이 할 걸! 우리 또 해! 응?
일 동	그래- 그래.
어머니	얘들아 이렇게 여럿이 모였으니 어디 너희들 유치원(幼稚園)에

서 배운 노래나 하나 해 봐라.

원 숙   아이 어머니도, 밤낮 들으면서 뭘 그래!

어머니   어머니는 네 노래만 들었지 어디 네 동무들이 부르는 거야 들어

봤니?

희 순   춘자가 잘 한대요.

춘 자   제가 잘 하면서 그래. 난 잘 못해요.

원 식   아무나 해 보렴. 뭘 그러니 나보고 하라면 좋아서 얼른 하겠다.

원 숙   그럼 오빠 해 보우.

어머니   너희들 말이지 오빠 말고. 영이 해 봐라. 왜 「골목대장」도 배우

고 「우리 애기」도 배웠지!! 얼른 해 보렴.

원 식   아이 애들도 참.

어머니   너는 암말 말고 가만히 듣고만 있거라. 어디 영이 해 봐.

영 이   잘 못해요.

어머니   괜찮아. 잘 못하면 어떠냐.

영이 독창

(1)   엄마 앞에서 짝짝궁

아빠 앞에서 짝짝궁

엄마 한숨은 잠자고

아빠 주름살 펴져라

(2)　들로 나아가 뚜루루

　　　언니 일터로 뚜루루

　　　언니 언니 왜 울우

　　　일하다 말고 왜 울우

(3)　우는 언니는 바아보

　　　웃는 언니는 장-사

　　　바보 언니는 난 싫어

　　　장사 언니가 내 언니

(4)　해님 보면서 짝짜꿍

　　　도리 도오리 짝짜꿍

　　　울던 언니가 웃는다

　　　눈물 씻으며 웃는다.

일　동　(拍手) 참 잘했다.

원　식　어디 그럼 이번에는 희순이 해 봐라.

어머니　암 말도 말래니까 또 그래. 가만히 있어! 어디 희순이 해 봐라.

　　　　너는 "골목대장"을 할련?

희　순　흉 보지 마세요.

어머니　흉이 뭐-냐. 어서 해라.

(희순 독창)

어머니 날보고 꾸지람 마소

옷고름 뗀 것이 그리 죄 되오

이래 봬도 골목에선 힘이 세다고

골목대장 골목대장 불러 줍니다. (두 번)

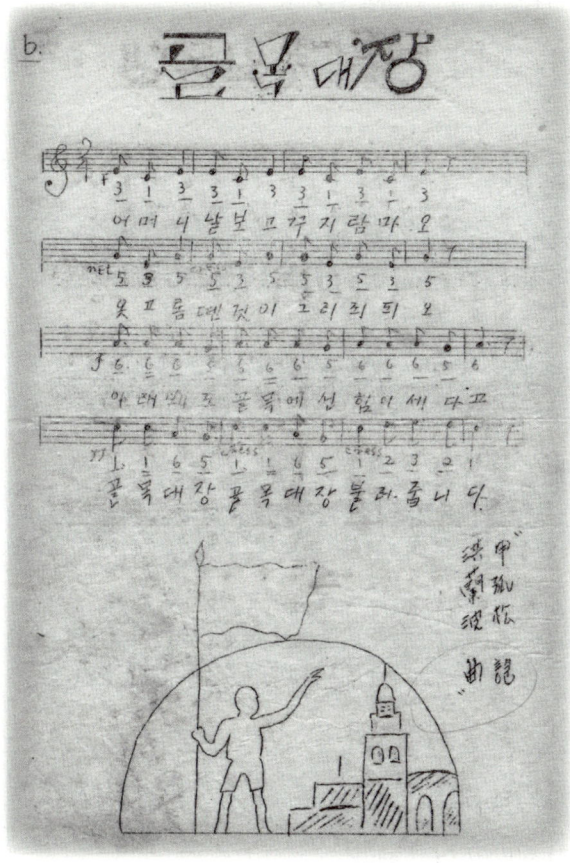

일 동	(박수) 참 잘 하는구나!
원 숙	그럼 이번에는 춘자 해 봐라. 어머니, 춘자는 참 잘 해. 학교 선생님도 잘 한다고 밤낮 칭찬하신다우.
어머니	응 그래. 그럼 어디 해 봐라. 그런데 무얼 하나.
춘 자	저 나는 "참새" 노래를 할게요.
어머니:	옳지 그 '아가씨 아가씨' 하는 거 말이지. 그래 어서 해라.

(춘자 독창)

아가씨 아가씨 안녕하세요.

아가씨 지붕에 집을 짓고서

아침에도 짹짹 저녁에도 짹짹. (두 번)

어머니	참 춘자는 잘 하는구나.
희 순	뭐- 원숙이도 해야죠.
어머니	암 원숙이도 해야지. 어서 해라.
원 식	얼른 해! 뭘 우물쭈물 해! 안 하려고 그러지!
원 숙	할랴. 오빠는 걱정 말아!
원 식	그럼 얼른 해!
어머니	그러지 말고 어서 해라.

(원숙 독창)

(1)　부뚜막에 긁어 논 누른갱이를
　　　들낙날락 다 먹고 도망가지요
　　　욕심쟁이 우리 오빠 꿀돼지.

(2)　설탕 봉지 일부러 쏘칠르고서
　　　엉큼엉큼 기면서 핥아 먹지요
　　　울기쟁이 우리 오빠 꿀돼지.

(3)　보글보글 잘 끓는 찌개국물을
　　　찡긋 찡긋 열면서 맛을 보지요
　　　심술쟁이 우리 오빠 꿀돼지.

원 식　날 막 놀려!

원 숙　아이 엄마!

어머니　왜 또 그러니?

원 식　원숙이가 날 막 놀려먹는 걸 뭐-.

원 숙　언제 놀렸어. 우리 배운 노랜데-.

어머니　원식아 얘들이 흉본다. 그만둬라. 그게 놀린 거냐! 그 노랠 배웠
　　　으니까 하는 건데.

원 식　그래도-.

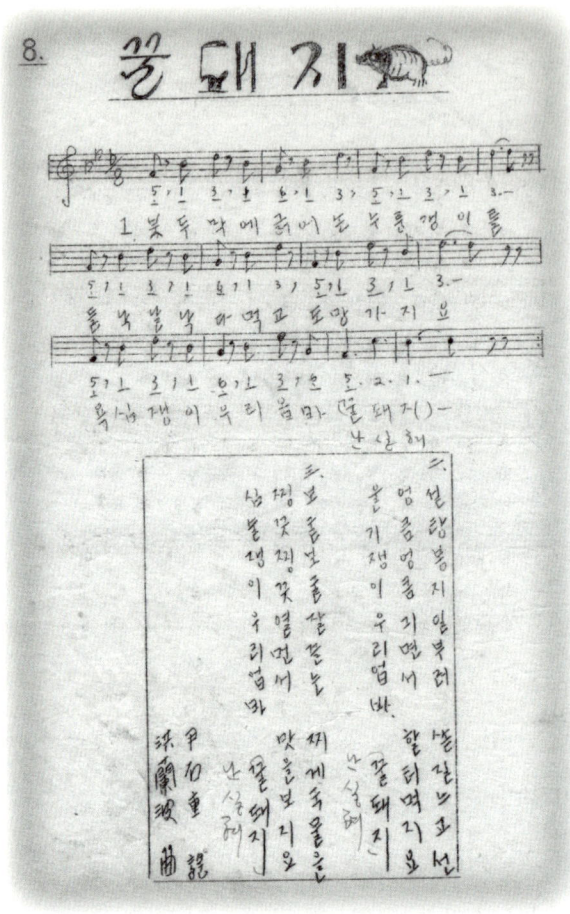

어머니   아마 그 창가 지으신 분도 너 같은 애들 생각을 하고 지었나 보다.

일 동   (웃는다)

원 식   내가 언제 그러나.

(이때 아버지 登場)

어머니	얘 아버지 오신다. 지금 오세요?
아버지	응. 아- 너희들 왔구나.
원 숙	아버지 뭐 사가지고 왔수?
어머니	아이 애도. 그저 아버지가 오시자마자 물어 보는구나. 아버지께서 숨이나 돌리시거든 물어 보렴.
아버지	하 하 하 하, 아이들이란 다- 그렇지-.
어머니	너희들 여기서 놀거라. 내 아버지 진지상 차려 가지고 올게. (나간다)
원 숙	아버지 뭐 사가지고 오셨수? 얘들 줄 것도 사왔수?
아버지	암 사왔지. 네가 사 가지고 오라고 해서 다 사왔다. 자! 이거다. 그림책야, 그림책. 참 좋지. 다- 같은 걸로 사왔지-.
원 숙	아이 좋아. 오빠 줄 것은 안 사왔수?
아버지	오빠야 커다란데 뭘 사 줘. 그래 안 사왔지.
원 숙	그래도 뭐- 싫어, 오빠도 사 줘야지.
아버지	그래 그래, 그럼 오빠도 사 줄게. 있다 사 주마. 자 이것은 영이, 이것은 희순이, 또 이것은 춘자, 자- 이것은 네 거다.
일 동	아이, 좋아.
희 순	얘 여기도 기차 장난하는 그림이 있다.
일 동	어디, 참말-.

원 식	아주 재미있게 하는데-.
아버지	너희들도 "기차 장난" 할 줄 아니?
원 숙	그럼 입때까지 하고 놀았는데. 얘 우리 또 나가서 놀련!! 책은 여기다 두고 응!
일 동	그래 나가자.
원 숙	그럼 오빠 또 나와서 운전 해!
아버지	더운데 그만두지!
일 동	싫어요. 나가 놀 테에요.
원 식	그래 나가자.
	노래 「기차놀이」 점점 멀리….

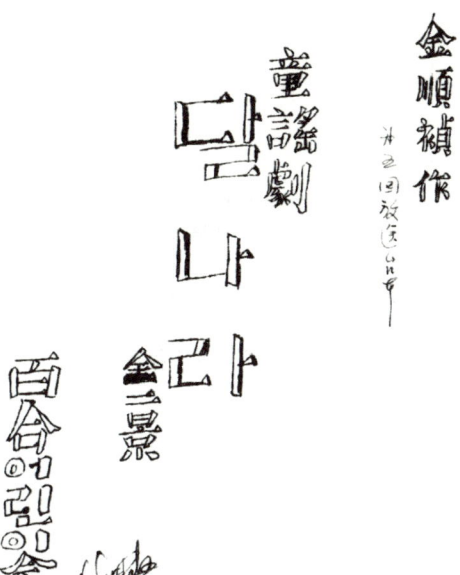

제5회 방송극분 - 아동극 **달나라**

전 2경

김순정[박의섭 필명] 작

백합어린이회

배역(配役)

공주_ 김향옥(金香玉)

시녀 갑(甲)_ 이춘순(李春順)

시녀 을(乙)_ 박명희(朴明喜)

토끼_ 이현숙(李賢淑)

나무꾼아이(樵童) 갑(甲)_ 윤상무(尹相武)

나무꾼아이(樵童) 을(乙)_ 박석남(朴石男)

나무꾼아이(樵童) 병(丙)_ 김달회(金達會)

지휘(指揮)_ 김찰모(金刹模)

효과(效果)_ 김순정(金順禎)

때	가을 추석 후(秋夕後) 이십일경(二十日頃)
곳	일경(一景) : 산중(山中)
	이경(二景) : 달나라 궁중(宮中)

무대(舞臺)

배경(背景)으로 멀-리 달이 보이게 하고 또 별이 반짝이게 그려 붙인다. 그리고 무대(舞臺) 후(後), 좌우(左右)에는 삼림(森林)이라는 것을 알리기 위(爲)하여 나무며, 풀 같은 것을 만들어 놓는다. 그리고 무대중앙(舞臺中央)에는 커-다란 바위를 만들어 놓는다. 세 나무꾼 아이 암석(巖石)에 앉아 있을 적에 개막(開幕).

[나무꾼 아이 합창(合唱)]

一. 흰구름 백말을 잡아 타고요

   훨 훨 달나라로 올라가서요

   계수(桂樹)나무 찍어다 곱게 다듬어

   초가삼간(草家三間) 정말로 지어 봤으면

二. 흰구름 백말을 잡아 타고요

   훨 훨 달나라로 올라가서요

   어여쁘신 옥토끼 곱게 모셔다

   계수나무 집 속에 길러 봤으면

나무꾼아이갑　애들아, 너희들 다리 안 아프냐? 나는 어떻게 돌아다니었는지
(樵童甲)　　　다리가 몹시 아프구나! 아이 다리야!!

나무꾼아이을(乙)　왜 안 아파! 애, 나무는 실상 얼마 못 하고 공연(空然)히….

나무꾼아이병(丙)　그런데 애들아. 나무가 그 전(前)보다 없는 것을 보니 아마 추
　　　　　　　석날 떡을 해 먹느라고 잠도 안 자고 다- 긁어 갔나 보다.

나무꾼아이갑　글쎄, 그랬는지도 모르지!

나무꾼아이병　그래도 오늘은 나무를 많이 해가지고 가야지 집에서 걱정이 안
　　　　　　　될 텐데!

나무꾼아이을　글쎄 말이다. (사이) 그런데 애들아. 아까 내가 말야 무엇을 하나
　　　　　　　얻은 게 있는데 퍽 좋은 거야. 그런데 무엇인지는 모르겠어―.

나무꾼아이갑　그게 무엇인지 어디 좀 보자!

나무꾼아이을　이거다! 하얀 구슬인데 아마 옥으로 만든 것인가 봐.

나무꾼아이병　옥으로!? 그럼 그게 무슨 구슬일까?

나무꾼아이갑　글쎄, 저- 하늘 나라에서 떨어졌는지도 모르지!

나무꾼아이을　하늘 나라!? 에이 그러면 아주 비싼 것이게!

나무꾼아이병　그럼, 비싸기만 해!! 하여튼 너는 오늘 재수 있다!

나무꾼아이갑　뭐- 잘 두렴. 나중에 혹시 무슨 좋은 수가 생길는지도 모르니까.

나무꾼아이을　글쎄 네 말마따나 무슨 좋은 수나 생기었으면 좋겠다마는!

나무꾼아이병　참 너는 땡이다. 나무 못한 대신 나무보다 더 비싼 옥구슬을 얻
　　　　　　　었으니까.

나무꾼아이갑   얘들아, 인제 그 이야기는 그만두고 얼른 나무나 하자!

나무꾼아이병   그래. (나무를 하러 일어선다, 사이)

나무꾼아이을   그런데 얘들아. 이게 무슨 짐승의 발자국이야 응?

나무꾼아이갑   글쎄! 산고양이 발자국인가 보다!

나무꾼아이병   에이 산고양이는 무슨 산고양이야! 그래 늘 보는 토끼 발자국도
　　　　　　　　모르니?

나무꾼아이을   모르기는 왜 몰라. 그렇지만 혹시 또 아니?

　　　　　　　　(이때 토끼 노래 소리 멀리서 들려온다)

　　• 곡 2 (曲二)

　　A   나는 나는 달나라 토끼이야오
　　　　　어여쁘신 공주님 목구슬 찾아
　　　　　사람 나라 이 땅에 내려와서요
　　　　　이리저리 찾으러 다닌답니다.

　　B   달나라 어여쁘신 공주님께서
　　　　　목에 거는 목구슬을 단장하시다
　　　　　잘못하여 이 나라로 떨어뜨리어
　　　　　공주님 심부름으로 내가 왔어요

나무꾼아이갑   (깜짝놀래며) 애, 그런데 이게 무슨 노래 소리냐? (좋아서) 아! 저

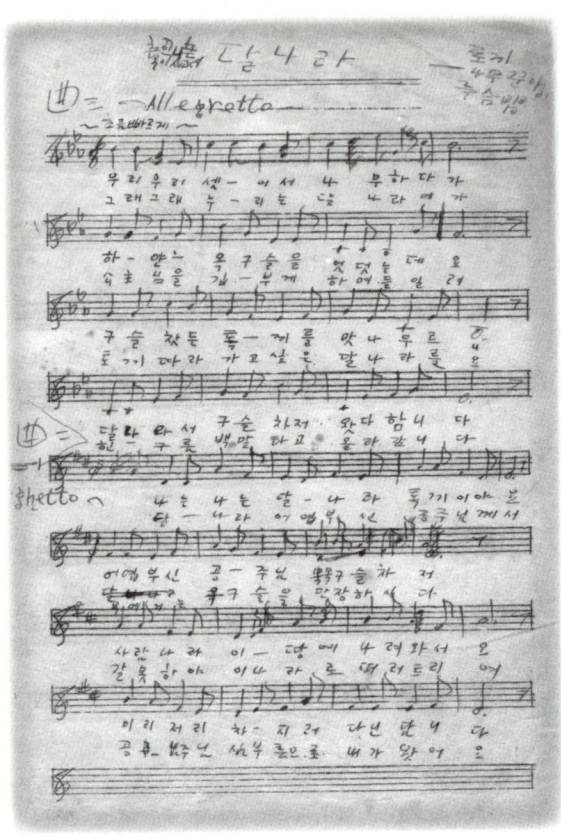

　　　　　 거 봐라, 저거!

나무꾼아이병　애, 저거 봐라. 토끼가 달아난다 토끼가!

나무꾼아이을　어디! 우리 쫓아가서 잡으련!

나무꾼아이갑　그래 잡자. (一同은 소리를 치며 잡으러 간다)

해　설　　세 초동(樵童)들은 나무를 하다 말고 토끼를 잡으러 갑니다.

나무꾼아이을	그런데 요놈의 토끼가 어디로 갔을까?
나무꾼아이갑	고거 꽤 빠른데!
나무꾼아이병	응, (놀래며) 저기 있다, 저기!
해 설	한 아이가 쫓아가더니만 조그맣고 어여쁜 옥토끼를 잡았습니다.
나무꾼아이병	응, 이 토끼가 달아났었구나. 고놈 참 이쁜데. 애들아 참 이쁘지!
나무꾼아이갑	그런데 몸도 작은 놈이 이런 험한 산중(山中)에서 무엇 때문에 혼자 다니고 있니? 공연(空然)히 혼나려고!
나무꾼아이을	그래도 무슨 일이 있길래 다니는 게지!
토 끼	네! 그저 목숨만 살려 주십시오
나무꾼아이갑	그래 목숨은 살려 줄 터인데 우리가 물어 보는 말만 대답(對答)하란 말이야. 응, 알았니?
토 끼	네! 네! 하라는 대로 하- 하겠습니다.
나무꾼아이병	그런데 아까 노래를 하고 다닌 게 네가 아니냐?
토 끼	네- 제가 노래를 부르고 다니었습니다.
나무꾼아이갑	그럼 그 노래는 무슨 노래이냐?
토 끼	네 말하지요. 다른 게 아니라 저는 달나라에서 사는 토끼입니다. 그런데 추석날에 우리나라 공주님께서 화장(化粧)을 하시다 잘못하여 목에 거는 옥구슬을 떨어뜨리시었는데 그- 구슬을 나보고 찾아오라고 하시기에 제가 이 나라로 구슬을 찾으러 온 것

입니다. 제발 용서하여 주십시오.

나무꾼아이을 아니 그러면 그 구슬이나 찾을 생각이나 하지 노래는 무슨 노래를 하고 다니느냐 말야!?

토 끼 네, 그것은 내가 사람 나라에 내려온 지가 벌써 이십여 일(二十餘日)이나 되었으나 구슬을 못 찾고 해서 노래나 부르고 다니었답니다.

나무꾼아이병 아니 구슬!? 그래 무슨 구슬이냐?

토 끼 네-, 하얀 옥으로 만든 조그만 구슬입니다.

나무꾼아이갑 아니 옥구슬이라고!? 그래 정말이냐? 응 !

토 끼 네, 정말이에요.

나무꾼아이을 달리 그런 게 아니라 아까 내가 저-쪽서 나무를 하다가 그 옥구슬인지는 모르나 구슬을 하나 얻었는데 혹시 네가 찾는 구슬인지도 모르겠다.

토 끼 네!! 구슬을요!? 아니 그 옥구슬을 얻었어요?!

나무꾼아이을 그래- 자- 이것이란다-. (호주머니에서 내어 준다)

토 끼 네, 바로 그 구슬이 우리나라 공주(公主)님 목에 거는 구슬입니다.

나무꾼아이을 그런데 이 구슬을 너를 주어 보내었으면 좋겠지마는 우리가 달나라도 구경(求景)할 겸 우리가 공주님에게 드리는 것이 어떠냐?

토 끼	네- 그것도 좋습니다. 그럼 같이 가시지요.
나무꾼아이병	아니 같이 가도 좋으냐? 괜찮겠니?
토 끼	네- 아무 일 없습니다. 그저 저만 따라오시면 됩니다.
나무꾼아이갑	가도 괜찮다면야 같이 가서 구경이나 하고 오지 뭐!
나무꾼아이을	그럼 우리 이 토끼를 따라가서 이- 구슬을 우리가 공주님에게 주 자는 말이야!
나무꾼아이병	그래 그것도 좋으니, 그럼 가세 가!
토 끼	참으로 감사합니다. 인제는 공주님도 기뻐하시겠습니다. 그리 고 저도 이제는 내쫓지 않으시겠습니다.
나무꾼아이갑	아니 구슬을 못 찾아오면 내쫓는다고 하시었니!?
토 끼	네- 이 사람 나라로 아주 내쫓는다고 하시었습니다.
나무꾼아이을	자 ! 이야기는 가면서 천천히 하기로 하고 얼른 가지!
일 동	그래

• 곡 3 (曲三) : 일동 합창(一同 合唱)

一.　우리 우리 셋이서 나무 하다가
　　하얀 옥구슬 얻었는데요
　　구슬 찾던 옥토끼를 만나 물으니
　　달나라서 구슬 찾아 왔더랍니다.

二.　그래 그래 우리는 달나라에 가

공주님을 기쁘게 하여 드리려

토끼 따라 하늘 위 달나라를요

흰구름 백말 타고 올라갑니다. - 일경 종(一景 終)

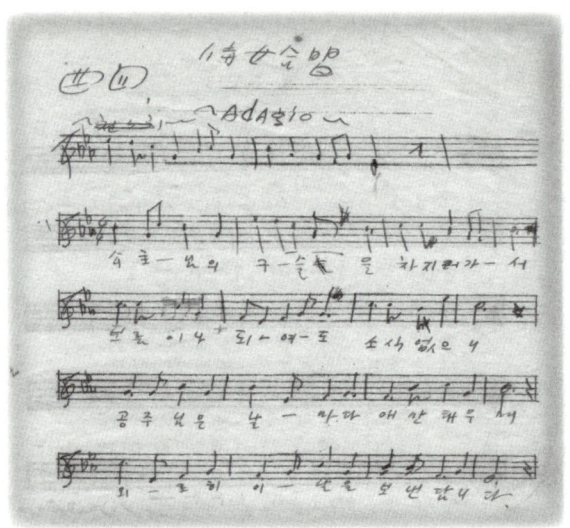

이경(二景)

무대(舞臺)

　　후(後)벽에 푸른 하늘에 흰구름이 덤석덤석 있게 그려 붙인다.

　　그리고 좌우(左右)로는 내궁(內宮)으로 통(通)하게 만들어 놓으며, 좌우로는 조금 넓직히 난간이 있는 전망대(展望臺)를 만들어 놓는다. 시녀(侍女) 일(一), 이(二) 난간에 기대어 있을 적에 막중(幕中)ᅳ.

• 곡 4(曲四)

공주(公主)님의 구슬을 찾으러 가서

보름이나 되어도 소식 없으니

공주님은 날마다 애만 태우며

이날을 보낸답니다. (2回)

시녀1(侍女一) 아이 고단해 죽겠네!

시녀2(侍女二) 글쎄 말이다. 구슬을 찾으러 간 지가 벌써 이십여 일(二十餘日)이나 되어도 아무 소식(消息)이 없으니 웬일이냐? 아마 찾지를 못하였는 게지!

시녀 1 그래, 찾았으면야 벌써 올 것이지!

시녀 2 글쎄 공주님은 구슬 때문에 밤낮 울고만 계시니 이걸 어떻게 하면 좋으냐? "설마 오늘은" 하며 기다린 것이 벌써 이십여 일이 지났으니 공주님도 속상할 게 당연한 일이지!

시녀 1 얘, 나도 공주님만큼 속상해 죽겠다. 밤낮 잘 잠도 자지 못하고 여기 나와 바라보며 기다리기 때문에 어떻게 고단한지 모르겠단다 애.

시녀2   글쎄 말이다. 나도 죽겠다. 얼른 좀 오지 무엇 하는 거야!

시녀1   가만 있자 어디 며칠인가 좀 따져 보자. 하루, 이틀, 사흘, 나흘,

        닷새….아니 꼭 스무 날이 되었네!

시녀2   뭐 - 벌써 스무 날이 되었어! (그때 공주 노래하며 登場)

• 곡 5 (曲五)

보름이나 기다려도 소식 없으니

이 노릇을 어찌 하면 좋단 말인가

그 구슬은 별나라의 임금님께서

내 생일날 주고 가신 구슬인데요

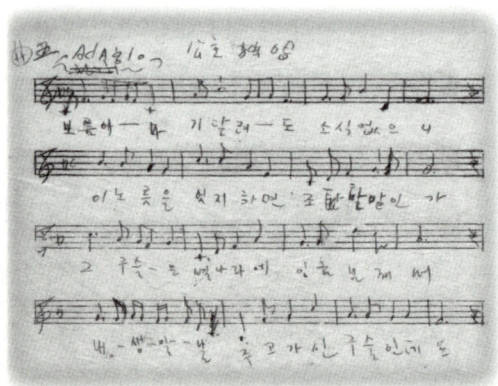

공주(公主)	아니 오늘도 아무 소식(消息)이 없어 보이지!
시녀 1	네-, 아직 아무 소식 없습니다.
공 주	이런 일을 어쩌나! 그 구슬을 못 찾아 오면 어떻게 하나! 그 구슬은 무엇보다도 중(重)한 것인데!
시녀 2	공주님, 마음을 편(便)히 하십시오. 오늘은 찾아 오겠지요
공 주	글쎄 그 구슬은 이웃나라에 있는 별나라 임금님이 내 생일날 왔다 기념(記念)으로 주고 간 것인데! 이걸 어떻게 하면 좋단 말인가? 그리고 아버님께서도 늘 말씀하시기를 그 구슬은 귀(貴)한 것이니 잘 간수하라고 하시었는데! 아이 속상해!
시녀 1	공주님 안심하세요. 오늘은 찾아 오겠지요.

(이때 토끼와 樵童들의 노래 소리 들린다)

• 곡 6 (曲六)

공주님이 대단히 여기시이는

그 하얀 옥구슬 찾아 오나니

노래하며 춤추며 기뻐하세요. (2 回)

공 주	아니 이게 무슨 노래 소리인가?
시녀 2	네!? 아마 구슬을 찾아 온다고 공주님 기뻐하시라는 노래 소리인가 봅니다.

공 주	뭐! 구슬을 찾아 온다고! 아 인제서야 마음이 풀리는구나!
시녀 1	공주님 저- 아래를 보십시오. 사람 셋과 작은 토끼가 올라옵니다. 저- 아래 넓다란 흰구름을 타고 옵니다. 손을 높이 들고 있는데요!
공 주	어디, (사이) 글쎄 오는구먼. 아이 좋아라!
시녀 2	그런데 그동안 공주님을 너무 근심되게 하여 드려서 퍽 죄송하옵니다.
공 주	아니 별(別) 말을 다 하는구먼!
시녀 1	저것 보십시오. 여기 옵니다. (토끼, 樵童들 登場)
시녀 2	(토끼에게) 참으로 작은 토끼 수고 많이 하였다!
토 끼	(공주에게 절을 하며) 공주님, 지금 찾아 가지고 오는 길입니다. 너무 오랫동안을 걸리어서 찾아가져 와 무어라고 말씀 드릴지 모르겠습니다.
공 주	아니 그것은 관계 없어! 그런데 그 구슬은 분명히 찾아가지고 왔지!
토 끼	네! 분명히 찾아 왔습니다. 그러나 실상은 여기 온 이분들이 찾은 것입니다.
공 주	아니 이분들이! 아니 그런데 어떻게 같이 만나 왔느냐?
갑 · 을	네! 그 이야기는 제가 하지요. 어떻게 만났느냐 하면 우리 셋이서 산(山)에서 나무를 하고 있으려니까 풀 속에서 무엇이 번쩍

하였지요. 그래 집어 보니 그것은 하얀 옥으로 만든 구슬이겠지요. 그러자 마침 어디서인지 구슬픈 노래 소리가 들리기에 얼른 보니 이- 조그마한 토끼이겠지요. 그래 잡아서 물어 보니까 저는 달나라에서 온 토끼인데 달나라 공주님이 목에 거는 구슬을 잘못하여 이 사람 나라로 떨어뜨리어서 지가 왔다기에 저희가 주운 구슬 보이니 그것이 바로 공주님 구슬이라 하기에 우리가 이렇게 따라 온 것입니다.

공 주 참으로 감사합니다. 그- 은혜로는!

나무꾼아이갑 공주님도 별 말씀을 다 하십니다. 저희가 여기 온 것은 달나라 구경(求景)이나 하자고 온 것입니다. (사이)

나무꾼아이을 그런데 그- 구슬은 여기 있습니다. (구슬을 내어 준다.)

공 주 네- 고맙습니다! (사이) 아 인제 마음이 풀리는구먼-. 아이 좋아라!

나무꾼아이병 그러면 공주님 우리는 이- 달나라를 구경 좀 하고 가려고 하는데 구경을 해도 좋습니까?

공 주 네- 관계찮습니다. 그런데 구경만 하고 가시려고요?! 그것은 안 됩니다. 내가 무엇보다 더- 귀중(貴重)히 여기는 구슬을 찾아 준 분을 어찌 그냥 보내겠습니까? 그것은 안 됩니다. 그러니 일생(一生)을 여기서 지내게 하는 것이 어떻습니까?

나무꾼아이갑 네!? 일생(一生)을요? (사이) 그래도 집에 부모(父母)님이 계신데요.

공 주　그래도 어머님 아버님을 모시고 오면 좋지않아요!

나무꾼아이들　네?! 어머님, 아버님을요!? 참으로 무엇이라고 말씀 드려야 좋

을지 모르겠습니다.

공 주　자! 그럼 오늘같이 즐거운 날은 없을 것이니까 (侍女에게) 너희들

은 안에 가서 잔치를 열 준비를 하고 있는 것이 좋아!

시녀1, 2　네 ! 말씀대로 하겠습니다. (退場)

공 주　그리고 작은 토끼야!! 너는 이분들을 모시고 다니며 우리나라를

구경하시게 하여 드리어라 ! 나는 안에 들어가서 잔치 준비 하

는 데 가 보아야겠으니까!

토 끼　네- 말씀대로 하겠습니다. (공주 퇴장) 그럼 저-쪽 먼저 구경을 하

시지요. 그런데 저기 커- 다랗게 보이는 것이 바로 별나라라는

나라입니다. 그리고 이곳으로 가면 안으로 들어가는 곳입니다.

안에는 늙으신 임금님이 계십니다.

(이때 쿵 쿵 하는 떡방아 소리 들려온다.)

나무꾼아이병　아니 저 소리는 무슨 소리인가?

토 끼　네- 저 소리는 떡 찧는 소리인데 아마 당신네 드리려고 찧는가

봅니다!

나무꾼아이공(共)　아니 우리를!

토 끼　네- 자- 그럼 이번에는 이쪽으로 가시어서 구경을 하시지요.

• 합창곡 7(合唱曲 七)

우리들은 공주님 구슬 찾고서

달나라에 토끼하고 달나라 오니

달나라 공주님은 기뻐하시며

한평생을 달나라서 지내라 해요.

그래 우리는 부모(父母) 모셔다

평화하고 행복스런 달나라에서

한평생을 곱게 곱게 살아 나가는

달나라 사람들이 되었답니다.

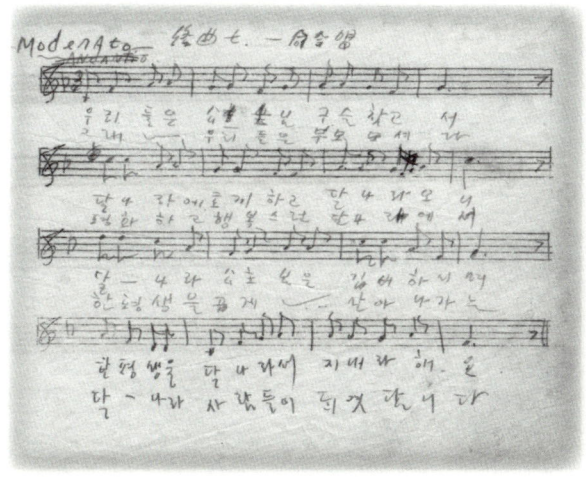

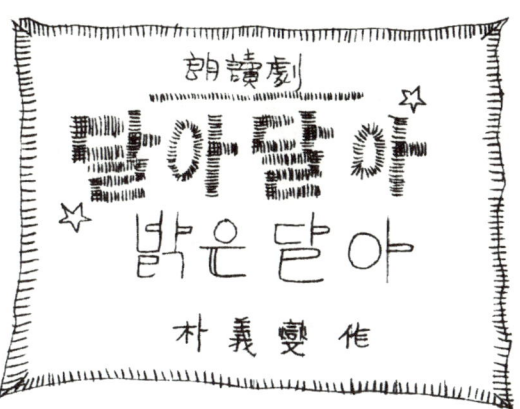

朗讀劇
달아 달아
밝은 달아
朴義燮 作

낭독극 달아 달아 밝은 달아

박의섭 작

나오는 사람

명식(明植)_ 오빠

명자(明子)_ 동생

재봉(在鳳)_ 오빠

재숙(在淑)_ 동생

명식(明植)이 아버지

달아 달아 밝은 달아 이태백(李太白)이 놀던 달아

저기 저기 저 달 속에 계수나무 박혔으니

옥도끼로 찍어 내고 금도끼로 다듬어서

초가 삼간 집을 짓고 양친 부모 모셔다가

천년만년(千年萬年) 살고지고 천년만년 살고지고

해 설   팔월(八月) 대(大)보름날이 훨씬 지난 어느날 저녁입니다. 명식
(明植)이는 동생 명자(明子)와 같이서 저녁을 먹기 전에 거리로
나왔습니다. 아마 내일 학교에서 원족(遠足)을 가는데 무엇을
사러 나왔나 봅니다. 여기 저기 다니면서 살 것을 다 사가지고
서 인제 집으로 가는 길입니다.

명 식   명자야, 너희는 내일 청량리 밖으로 나간댔지!

명 자   응. 오빠넨 북한산 간댔지!

명 식   그래. 우리는 자문(紫霞門)에서 모이기로 했는데 너희는 동대문
에서 모인댔지!

명 자   응, 아홉 시까지 모이기로 했어!

명 식   여덟 시까지 오라고 그랬는데. 참 내일은 일찍 일어나야 하겠
다-. (사이) 얘 명자야, 어! 이만 하면 내일 실컷 먹을 테지.

명 자   그럼 실컷 먹기만 해. 아주 무게가 굉장히 무거운데 그래.

명 식   얘, 이까짓 게 무겁긴 뭣이 무거우냐.

명 자	아이, 어떻게 돌아다니며 샀는지 난 다리가 아파 죽겠수.
명 식	아니 고까짓 것 다니고서 그래 다리가 아프단 말이냐. 참 너두.
명 자	아이구 고까짓 게 뭐유. 본정(本町)으로 종로(鐘路)로 얼마나 다녔다구. 사기는 얼마 안 사고서 다니기는 참 무던히도 다녔지ㅡ.
명 식	참 너두. 그래 얼마나 걸었다고 다리가 아프단 말이냐.
명 자	그럼 안 아프단 말유. 오빠는 사내니까 안 아프지만 난 아픈 걸!
명 식	아픈 데 남자는 덜 아프고 여자는 더 아픈 게 뭐냐. 별 말을 다 하는구나.
명 자	참 오빠두. 그럼 남자나 여자나 똑 같단 말유. 여자가 좀 약하지 뭘 그래.
명 식	뭣이 약해.
명 자	그럼 약하지 않구. 그래 여자가 남자보담 세단 말유ㅡ. 오빤 참.
명 식	그래 그래, 네 말이 옳다.
명 자	에이구, 오빠도 인젠 할 수 없나 보다. 뭣이 그래 그래야.
명 식	어서 잔말 말고 빨리 가기나 하자. 얼른 좀 걸어요.
명 자	아이, 나는 내일 원족은 다리가 아파서 잘 못 걷겠는데 그래.
명 식	어서 빨리 가서 저녁 먹고서 실컷 자려무나! 얼른 가.
명 자	다리가 아파서 빨리 갈 수가 없어. 좀 천천히 가.
명 식	얼른 가서 저녁밥 먹어야지.
명 자	천천히 가면 왜 밥 못 먹나 뭐ㅡ.

명	식	그렇지만 어머니께서 기다리시지 않니! 조금만 빨리 걸으려무나.
명	자	천천히 가도 저녁 먹기 전에 대 갈 걸 뭘 그러우. 아직 저녁 먹을 때도 안 됐는데 어떠우.
명	식	왜 좀 빨리 가면 못쓰니.
명	자	아니 글쎄 말야.
명	식	그러니까 좀 빨리 가잔 말이다.
명	자	아이 오빠두. 난 다리 아파서 천천히 갈 테니 오빠나 먼저 가우.
명	식	그럼 난 먼저 갈 테다.
명	자	맘대루 허우.
명	식	그래 먼저 갈랴.
명	자	어쩌면 오빠도 그래.
명	식	왜 나 먼저 가래구서 그래.
명	자	그래 먼저 가랬다고 먼저 간단 말이유. 참 오빠두.
명	식	그럼 네가 먼저 가랬으니까 먼저 가야지 뭘 그래.
명	자	그래 내가 먼저 가랬다구 먼저 가는 거유. 언제부터 그렇게 내 말만 들었수.
명	식	지금부터 들었지 왜.
명	자	어디 그럼 먼저 가구려.
명	식	그럼 못 갈 줄 알구.
명	자	아이, 오빠도 참. 같이 가. (사이)

명 식	그렇지만 혼자만 어디 갈 수 있나, 같이 가야지.
명 자	그러면 그렇지 피. (사이) 오빠-. 저-기 재봉(在鳳)이가 제 동생 재숙(在淑)이하고 같이 오지 않우. 같이 오지!
명 식	어디! 글쎄, 같이 오는데-.
명 자	애들도 내일 가지고 갈 것 사러 가는 게야.
명 식	글쎄 그거 또 모르지. (사이)
재 숙	어디 갔다 오니.
명 자	뭣 좀 사가지고 오는 길야.
재 숙	내일 원족 갈 제 가지고 갈 것 사가지고 오는구나.
명 자	그래 저- 본정으로 해서 이리 저리 다니며 사가지고 온다.
재 숙	참 많이 샀구나. 본정까지 가서 사게!
명 자	다리만 아프게 돌아다녔지 얼마 사진 않았다. 그래 너희도 지금 사러 가는 길이냐?
재 숙	그래. 우리 오빠가 학교에서 늦게 와서 기다렸다가 가느라고 인제 간단다.
명 식	저녁들 먹고 가니.
재 봉	벌써 먹어, 있다 먹지.
명 식	그럼 늦겠구나.
재 봉	뭘 종로까지 가서 살 걸 뭘. 잠간이면 돼. 그럼 이따 보자.
명 자	그래 그럼 많이 사가지고 오너라.

재 숙	아이 참, 애두.
명 식	그럼 다녀오너라.
재 봉	그래 이따 보자. (사이)
해 설	명식이 남매(男妹)와 재봉이 남매는 서로 헤어졌습니다. 명자는 저녁을 먹고 잡지의 만화를 보고 있고 명식이는 신문을 보고 있습니다.
명 식	애 명자야. 독일이 파란(波蘭)을 쳐서 파란의 서울 「왈소」를 아주 차지했다고 그런다. 아주 센데 그래.
명 자	오빠 이것 봐. 이 그림 좀 봐. 청국(支那) 병정들이 막 쫓겨 가는 것 좀 봐. 참 우스워. 누가 그렸는지 아주 잘 그렸네.
명 식	청국 병정들은 어린애 장난 하는 거 같은 걸 뭘 그래.
명 자	파란도 기운이 아무 것 아닌데.
명 식	왜 꽤 센데. 워낙 많으니까 그렇지.
명 자	그러니까 아무 것도 아니란 말이지.
명 식	애 인제 그만 일찍 자련. 내일 일찍 일어날 테면 고단한데!
명 자	그렇다고 벌써 잘 시간이 되려며는 아직도 멀었는데.
명 식	너 인제 다리 안 아프냐.
명 자	내 다리!? 인제는 다- 나았어. 아주 안 아파. 집에 오니까 괜찮아.
명 식	참 너도-. 그 다리가 아주 꾀다린데-. 그래 지금은 안 아프단 말이지?

명 자	응, 다리도 꾀를 피나 뭐! 에이 오빠도. (사이) 오빠 우리 아까 사다 논 과자 좀 쪼금만 먹을까?! 응?
명 식	요런! 그렇게 쪼금씩 쪼금씩 먹다가 정작 내일은 하나도 못 가지고 가겠다. 그렇게 하다가는 또 사야지 어디 쓰겠니.
명 자	언제 또 먹었다고 쪼금씩 쪼금씩 먹었대! 참 오빠는 거짓말쟁이야.
명 식	아 그래 너 안 먹었단 말이냐. 아까 사가지고 와서 어머니한테 뭐–뭐 샀다고 내 놓으면서 이것 저것 맛본다고 먹었지. 또 밥 먹고 나서 쪼금 먹었지! 또 지금 먹지. 그래 안 먹었단 말이냐.
명 자	지금 어디 먹어. 아까는 맛보느라고 그랬지 뭐–.
명 식	그래 지금도 맛보느라고 먹겠단 말이냐.
명 자	응 맛 좀 보려고 그래.
명 식	아니 그래, 무슨 맛보는 게 몇 번씩이나 보는 거냐. 그래 맛보기가 그렇게 어려우냐. 애 애, 그렇게 하다가는 다 먹어 없애겠다.
명 자	쪼금만 먹어도 내일 실컷 가지고 갈 걸 뭘-. 아직도 이만큼 남았는데 뭘 그러우.
명 식	에이 난 모르겠으니 네 맘대로 하려무나. 다 먹든지 쪼금을 먹든지 난 모르니 네 맘대로 하렴.
명 자	그러면 쪼금만 먹어야지, 에헴!
명 식	에이구 참 너두.

명 자	왜 오빠도 먹고 싶우, 좀 줄까?
명 식	싫어, 너나 먹어!
명 자	그래도 먹고 싶은가 본데…. 자꾸만 힐끔힐끔 쳐다보는데. 옜수- 요것만 먹우. 던 안 줄 테니까.
명 식	어디 그럼 요것만 먹어 볼까!
명 자	아이 오빠도. 나보고 먹지 말라던 때와는 딴판인데 그래.
명 식	애 어디 고까짓 거 먹어서 맛 알겠니? 쪼금만 더 다우.
명 자	피- 참 오빠도. 안 줄탸.
명 식	그러지 말고 쪼금만 줘. 그거 맛이 이상야릇한데 그래.
명 자	에이구 에이구. 공연히 좀 더 먹고 싶으니까 뭐 맛이 이상야릇하다구? 옜수 어디 맛이 이상하다니 잘 좀 맛보우. 오빠도 참 아주 아까는 나보고 먹지 말라고 하더니 나보다 더 먹지 못해 하면서 뭘 그래.
명 식	히 히 히 히. 뭘 내가 더 먹으려고 그래, 네가 더 그러지 괜-히.
명 자	참 오빠도 아주 변덕쟁이야.
명 식	뭐이 어쨌다고. 그저 요것을!
명 자	아이, 엄마. 오빠 좀 보우. 막 때리려고 한다우. 내 과자 쪼금 더 줄게!
명 식	그래 어서 좀 더 내 놔.
명 자	자- 옜수.

(이때 밖에서 동네 애들 달아 달아를 부르며 지나간다, 사이)

달아 달아 밝은 달아 이태백이 놀던 달아

저기 저기 저 달 속에 계수나무 박혔으니

옥도끼로 찍어 내고 금도끼로 다듬어서

초가삼간 집을 짓고 양친 부모 모셔다가

천년 만년 살고지고 천년 만년 살고지고.

명　자　　쟤들이 어디를 저렇게 노래를 부르며 가나.

명　식　　글쎄, 오늘은 달이 무척 밝은데 그래.

명　자　　달마중을 가나.

명　식　　달마중을 가면 어디로들 가니.

명　자　　오빠, 나도 갔다 올게.

명　식　　그만 둬. 일찍 자지.

재　숙　　(밖에서) 명자야, 명자야. 나와 놀아.

명　자　　재숙이냐. 나 안 나갈탸.

재　숙　　아이 애도. 저 너른 마당에서 숨바꼭질 할 텐데 나와서 같이 하

　　　　　자 얘.

명　자　　오빠, 저 너른 마당에서 숨바꼭질 한다는데 잠깐만 나가 놀다

　　　　　들어올게.

명 식	그럼 너무 오래 놀지 말고 들어와.
명 자	응! 재숙아, 나간다.
명 식	너 아버지 오시기 전에 들어와야 한다.
명 자	응 갔다 올게. (나간다)
명 식	아이 애두. 아까는 다리가 아파서 걷지도 못하겠느니, 원족을 가서 놀지를 못하겠느니 하더니만 인제는 나가서 숨바꼭질을 하며 막 뛰어 놀겠지. 참 애두.
해 설	명자와 재숙이는 마당에서 놀다가─.
명 자	애 재숙아, 인제 그만 놀자. 숨이 차게 어떻게 뛰어 놀았는지 다리가 아프구나. 참 재미있게는 놀았다.
재 숙	애, 그래도 달이 밝으니까 난 다리는커녕 더 좀 뛰며 놀았으면 좋겠다 애.
명 자	애 좀 봐. 달 밝다고서 아플 것도 안 아프고 아주 좋단 말이지.
재 숙	아 그럼 하도 달이 둥글고 밝고 맑으니까 정신이 상쾌하고 시원한 게 아주 참 좋다.
명 자	그래도 뭐- 나는─!
재 숙	그래도 너가 뭐냐. 아 참 달 밝다. 어쩌면 저렇게 맑고 밝을까. (재숙, 달아 달아 노래를 부른다.)

달아 달아 밝은 달아 이태백이 놀던 달아

저기 저기 저 달 속에 계수나무 박혔으니

옥도끼로 찍어 내고 금도끼로 다듬어서

초가삼간 집을 짓고 양친 부모 모셔다가

천년만년 살고지고 천년만년 살고지고!

명　자　　　참 잘 한다.

재　숙　　　애 좀 봐. 괜-히 그러는구나. 너 저기 저 달 좀 봐. 가만히 들여다 봐. 달 속에 무슨 나뭇가지가 이리저리 뻗친 것 같지. 그게 바로 계수나무라는 거래.

명　자　　　애, 계수나무란 나무가 아주 질긴 나무래지. 저 나무로 집을 지으면 천년은 간대지.

재　숙　　　그럼 계수나무로 집을 짓고서 천년이나 만년을 살아 봤으면 참 좋겠다.

명　자　　　아유, 천년을 어떻게 사니.

재　숙　　　그러니까 하는 말이지.

명　자　　　참 곱기도 하다.

재　숙　　　거울같이 환-히 들여다 뵈는 것 같지. 어쩌면 저렇게 맑을까!

명　자　　　저- 달 속에 옥토끼가 있대지! 그 옥토끼가 그 흰빛으로 저렇게 밝혀 주나.

재　숙　　　글쎄 그건 또 모르지.

명 자	인제 그만 달구경 하고서 슬슬 집으로 가자.
재 숙	그래 가자ㅡ. (둘이서 달아 달아 부른다, 略, 사이)
아버지	(둘이서 창가 중간까지 하는데) 아니, 너희들 어디 갔다 오느냐.
명 자	아이 깜작야. 아이, 아버지두.
재 숙	어디 가셨다 지금 오세요?
명 자	아버지 인제 오세요. 그런데 어쩌면 그렇게 놀라게 하세요.
아버지	놀라게 하긴 누가 놀라게 해. 누가 너보고 그렇게 놀라랬니. 참 너도.
명 자	뭘ㅡ.
아버지	재숙이는 놀라지 않았는데 그래 너만 내가 놀래든!
재 숙	아유 이렇게 늦게 회사에서 오는 길이세요.
아버지	오냐, 오늘은 일이 많아서 다른 때보다 좀 늦게 오게 됐다.
명 자	아버지 저 달 좀 봐. 참 크고 밝지.
아버지	오냐 참 좋다. 너희들 지금 부르던 달아 달아 노래에 "이태백이 놀던 달아"라고 그랬지. 재숙이는 그런 얘기 아는지 모르겠다 만 저- 청국에 아주 옛날에 말이다 시(詩)를 잘 짓기로 유명한 이태백이라는 어른이 계셨는데, 그 어른께서 오늘같이 달 밝은 날 밤에 강 위에 배를 띄우고 약주를 잡수시면서 달을 두고 시를 짓다가 그 강물에 비친 달이 하도 아름다워서 빠져 죽었다는 이야기도 있다.

명 자	참 이태백이란 어른은 시를 잘 짓기로—, 어쩌면!
재 숙	참 우습다. 그 이태백이란 어른이 달을 잡으려고 물에 빠진 게 아니라 그 달이 그 어른을 물 속에 잡아 넣었죠.
아버지	하 하 하 하. 그랬는지도 모르지. 하여튼 유명한 어른이다. 그러니까 너희들- 부르는 노래에도 "이태백이 놀던 달아"라고 지었는 게다. 거- 참 달 밝기도 하다. 저- 달 속에 한번 올라갔으면 소원이 없겠다.
명 자	아이, 아버지도 참.
재 숙	글쎄요, 그 옥토끼하고 계수나무에 올라다니며 놀았으면 참 좋겠어요.
아버지	너도 놀았으면 하니, 하 하 하 하. 자 얼른 집으로들 가자. 늦으면 너희들 내일 원족 간댔는데 늦게 일어나면 되겠니. 자 빨리 걷자.

달아 달아 밝은 달아 이태백이 놀던 달아
저기 저기 저 달 속에 계수나무 박혔으니
옥도끼로 찍어 내고 금도끼로 다듬어서
초가삼간 집을 짓고 양친 부모 모셔다가
천년만년 살고지고 천년만년 살고지고

        - 「달아 달아 밝은 달아」 끝

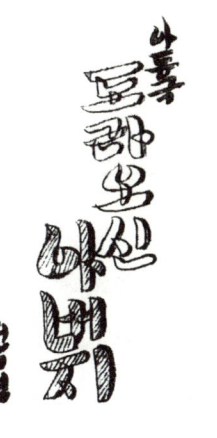

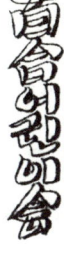

1938. 3. 13. 청룡문고.

아동극 **돌아오신 아버지**

전 2경

박의섭 작

백합어린이회

1938. 3. 13 방송 대본

인물(人物)

정옥(晶玉, 누이)_ 이원진(李源眞)

정식(晶植, 동생)_ 김종학(金鐘學)

젖엄마(정옥이 男妹 젖엄마)_ 김정옥(金晶玉)

명숙(明淑, 정옥이 同級生)_ 김정숙(金貞淑)

김선생(金先生, 정옥이 擔任先生)_ 윤주천(尹柱天)

아버지(정옥이 아버지)_ 김순정(金順禎)
[박의섭의 필명]

곳_ 정옥이 집

때_ 아무 때나 어느 토요일 저녁때.

경개(梗槪)

정옥(晶玉)이 어머니는 하얀 백합(百合)꽃을 퍽- 좋아하셨습니다. 또 정옥이도 어머니와 같이 하얀 백합꽃을 좋아했습니다. 그러시던 어머니가 정옥이가 아홉 살 때 그만 돌아가셨습니다. 그래 정옥이의 아버지는 벌이를 찾아 어디로인지 나가 버리셨지요. 그래 외로운 정옥이는 동생 정식이와 같이 매우 친절한 젖엄마의 손 가운데서 평화(平和)하게 지내 갔습니다. 날이 갈수록 정옥이는 아버지를 그리워하며 지냈습니다. 과연(果然) 아버지께서 많은 돈을 벌어가지고 정옥이와 정식이를 찾아 돌아오셨습니다.

[정옥(晶玉)이 독창]

1. 흰 돛대 높이 올린 나룻배 하나
   물결에 출렁 출렁 흐느적이며
   물새야 오라 오라 흔들거려요

2. 주인은 어디 갔나 빈 배만 남고
   물새는 좋아라고 날아와서는
   흰 돛대 위-에서 쉬었다 갑니다

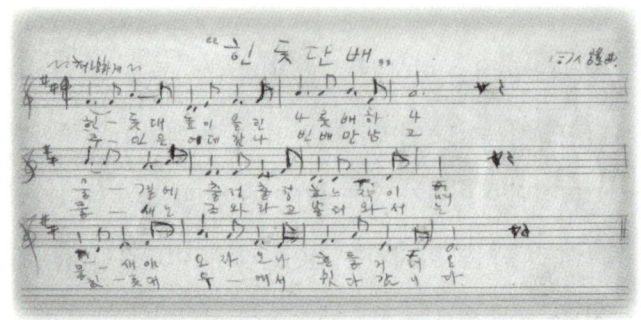

정　옥　(혼잣말로) 참 이 노래는 좋기도 하지. 돌아가신 어머니께선 내가
　　　　어렸을 때 나를 재워 주시느라고 나를 안고서 늘 이 노래를 불
　　　　러주셨지! 그럼 나는 살그머니 잠이 들곤 했지! 그렇게 노래를
　　　　불러 주시던 어머니도 벌-써 딴 나라 사람이 되셨지. 그러나 나
　　　　는 옛날 어머니가 부르던 그 노래를 잊어 버리지는 않았지. 그
　　　　것은 내 젖엄마도 그 전(前)부터 엄마가 부르던 것을 들어서 그
　　　　노래를 잘은 못하나마 나를 이렇게 클 때까지 가르쳐 주었기
　　　　때문이지. 아- 어머니. 저는 그 "흰 돛단배" 노래를 잊지 않고 있
　　　　답니다. (정옥이는 흰 돛단배를 一節만 한다.)

정　식　(뛰어 오며) 누나! 누나! 이 손 좀 봐!!

정　옥　(놀래며) 아니 어쩌다가 손을 그렇게 다쳤니? 아주 많이 다쳤구
　　　　나!? 아이, 피 좀 봐. 그런데 어떻게 하다 그랬니? 아이- 애두.

정　식　저 애들하고 잡채기 하다가 넘어졌다우.

정 옥	그렇게 놀더라도 정신을 차려서 놀면 넘어지지는 않을 걸-. 자 어서 이 헝겊으로 매라. 내 매 줄게-. (매 준다)
정 식	뭐- 영석(永錫)이를 쫓아가다가 돌맹이에 걸려서 넘어졌다우.
정 옥	자, 인제는 괜찮다. 그런데 또 나가 놀련?! 그만 공부 좀 하지.
정 식	안 나가 놀랴. 누나 그만 잘랴.
정 옥	아니 얘 좀 보게. 공부는 안 하고 벌써 자!?
정 식	그렇지만 내일(來日)이 공일(空日)인데 뭐- 누나 응.
정 옥	그럼 내일 일찍이 일어나서 공부를 한다고 응?
정 식	응 내일 일찍이 일어나서 할게. 그럼 자우!!
정 옥	그래 그럼 어서 가서 잘 자거라. (안방으로 退場, 사이) 아이 애두. 공부는 잘 안 하고 장난만 좋아하니 어떻게 한담. 그런데 젖엄마는 어디를 가고 없을까?
젖엄마	(잔걸음으로 登場) 아가씨 입때까지 공부하고 있었구먼….
정 옥	어디 갔었수? 나는 젖엄마가 슬그머니 아주 나갔나 했지, 하 하.
젖엄마	하 하 하. 저 건너 복순(福順)네 집으로 마실 갔다 왔지! 그런데 도련님은 들어왔수?
정 옥	응 들어와서 벌써 자는데!
젖엄마	아 벌써 자요?!
정 옥	그런데 젖엄마! 오늘은 웬일인지 내 마음이 더 슬퍼지는 것 같아!

젖엄마	아니 왜!?
정 옥	공연히 어머니 생각이 더 나고 아버지 생각이 나겠지. 그런데 아버지는 어디 계시기에 우리들하고 같이 계시지 않고 어디서 무얼 하고 계셔!? 아이 아버지두….
젖엄마	공연히 쓸데없는 생각을 하는군 그래. 돌아가신 어머니 생각은 왜 해. 눈물만 나는 걸! 그리고 아버지야 이 다음에 돈을 많이 벌어가지고 오실 걸 뭘 그래.
정 옥	그래도 뭐- 생각이 절로 나는 걸…. 그런데 젖엄마, 내가 몇 살 적에 아버지가 나가셨수?
젖엄마	지금이 열세 살이니까 가만 있자…, 아홉 살 먹어서군. 그렇지 아가씨가 아홉 살 먹던 해 봄에 나가셨지!
정 옥	그러데 어디로 간다고 하시고 나가셨수?
젖엄마	모르지. 아가씨가 여덟 살 적이고 도련님이 세 살 적에 어머니가 그 몹쓸 병(病) 때문에 돌아가셨지! 뭐- 그때도 집안이나 넉넉하였더면 어머니도 안 돌아가셨을는지도 모르지. 그렇지만 그게 다 "운" 이지. 그래 어머니가 돌아가시고 집안은 점점 말할 수 없이 되어 가니까 아버지는 집안에 처한 모-든 것을 나한테 맡기시고 어디로인지 알리시지도 않고 가 버리셨지-. 그런데 도련님은 그래 자우?
정 옥	응. 정식이는 뭐- 지금쯤은 아주 곤하게 잘 걸….

젖엄마	머 도련님이 들으면 울고야 말 걸 그래.
정 옥	글쎄 잔대도 그래. 어서 이야기나 해 줘요.
젖엄마	그걸, 지나간 이야기는 들어서 무엇해. 공연히 눈물만 날 걸….
정 옥	그래도 뭐 난 싫어!
젖엄마	그럼 내 이야기 해 줄게 울지 말어 응! (사이) 그때가 바로 아가씨도 아홉 살 때고 도련님은 네 살 먹던 때지. 그래 아무 것도 모르는 남매를 이렇듯 내가 키워 왔지!
정 옥	그럼 젖엄마는 언제부터 우리 집에 있었수?
젖엄마	나는 돌아가신 어머니께서 아가씨를 낳아 놓으시고 젖이 귀해서 그때부터 내가 와 있었다우-. 그래 아가씨가 겨우 젖을 떼었을 때 저 도련님을 나셨지! 어머니가 저 도련님을 낳아 놓으시고부터 앓으셨다우. 그래 할 수 없이 내가 식모 노릇도 하고 젖엄마 노릇도 하며 여태까지 산다우.
정 옥	아유 참, 젖엄마두. 고맙기도 해라. 그런데 아버지는 그동안 편지도 없었수?
젖엄마	아버지가 아가씨를 학교에 처음 입학시키시고 나가셨기 때문에 먼저 몇 번은 편지도 하시고 가끔 얼마 안 되는 돈도 보내 주시더니 뭐 그렇게 일년 동안은 소식(消息)을 전해 주시더니만 그 다음부터는 편지는커녕 아무 소식도 없어 도무지 모른다우.
정 옥	참 아버지도 어쩌면 편지를 여태 안 하실까?

젖엄마	그런데다가 나도 자식 하나 있는 것을 잃고 또 애 아버지까지 잃고 할 수 없이 아가씨 집에 와서 여태까지 자식 없는 데에 한이 되어 도련님과 아가씨를 내 친아들 딸처럼 키우며 갖은 고생을 다하며 아가씨 월사금, 도련님 월사금을 대 주며 남에게 떨어지지 않게 남매를 키워 왔지.
정 옥	참 젖엄마는 고맙기도 해. 우리들을 그렇게까지 보아 주며 키웠는데 참 무어라고 말을 할지 몰라. 정말 어머니는 우리를 낳아 주셨지만 키우기는 젖엄마가 키워 줬으니까 젖엄마도 뭐-친엄마와 마찬가지지 뭐-.
젖엄마	그래도 뭐-.
정 옥	인제부터는 우리들은 젖엄마를 정말 엄마처럼 생각하고 따를 테야-.
젖엄마	아이 아가씨두. 그런데 한 가지 이상한 일은 돌아가신 어머니께서는 꽃을 퍽 좋아하셨지-. 더군다나 그 많고 고운 꽃 중에도 하얀 백합꽃을 퍽 사랑하시고 좋아하셨지. 그리고 언제나 "흰 돛단배" 노래를 퍽 잘 부르셨다우. 그래서 아버지는 어머니가 돌아가신 다음에 어머니 산소에다가 하얀 백합꽃을 많이 꽂아 놓아 두셨지. 그리고 "흰 돛단배" 노래를 부르셨다우. 참 아버지도 어머니한테 잘 하셨지!
정 옥	나도 하얀 백합꽃을 퍽 좋아하는데. 그리고 "흰 돛단배" 노래도

좋아한다우.

젖엄마 　 참 아가씨도 백합꽃을 퍽 좋아하지. 뭐- 그것은 어머니가 좋아
하셨기 때문에 잊어 버리지를 않았을 게지. 나도 돌아가신 어머
니가 아가씨를 안고 부르실 적마다 들으며 외어서 인제는 웬만
큼 한다우.

정　옥 　 내가 잘 외이지 못하고 잘 못하는 데는 젖엄마가 가르쳐 주었
지. 그래서 나도 여태까지 잊어 버리지 않고 잘 한다우. 뭐- 인
제라도 아버지만 오셔서 같이 사신다면 우리들은 다시 즐거웁
게 지내게 될 걸 뭐-. 얼른 아버지가 돌아오셨으면 좋겠수-. 아
버지께서는 우리들이 보고 싶지 않으신가?

젖엄마 　 왜 안 보고 싶으시겠수! 그렇지만 할 수 없으시니까 그러시지-
뭐. 인제는 도련님도 저만큼 컸으니까 얼마 안 있다 도련님을
보시려고 오실 걸 그래.

정　옥 　 글쎄, 얼른 오셨으면 좋겠어-.

젖엄마 　 뭐- 아버지도 좀 어떻게 잘 살아 보시려구 그렇게까지 집을 나
가셨으니까 뭐- 오실 걸!

정　옥 　 그래도 얼른 오셔야지 뭐-.

젖엄마 　 그렇게 걱정을 하면 얼른 오시나⋯. 뭐- 인제는 밤도 깊었으니
그만 자우. 내일 학교에 가려면 곤할 테니까.

정　옥 　 뭐 내일이 공일(空日)인데, 하 하 하.

젖엄마	참 그렇던가?! 자 그래도 늦었으니까 자우.
정 옥	웅 젖엄마도 같이 자야지!
젖엄마	암 자야지.

(젖엄마, 정옥 "흰 돛단배" 노래 부른다.)

- 고요한 음악과 같이 "막(幕)"

제이경(第二景)

1. 어디서 날아왔나 나비 한 마리

   곱고도 어여쁜 백합꽃에 가

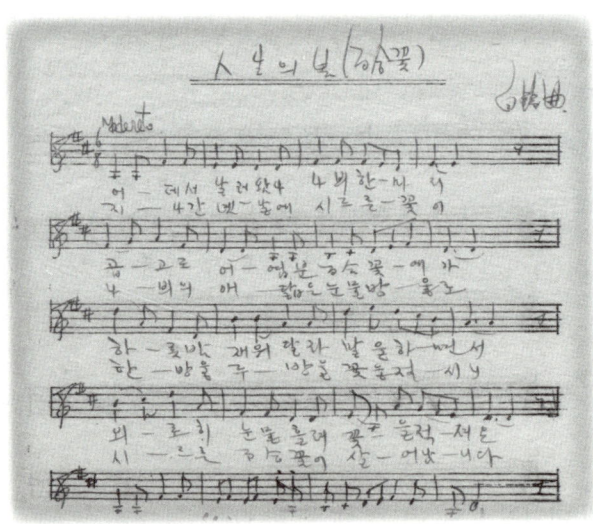

하룻밤 재워 달라 말을 하면서

외로이 눈물 흘려 꽃을 적셔요

2.　지나간 옛날에 시들은 꽃이

나비의 애-달픈 눈물방울로

한 방울 두-방울 꽃을 적시니

시들은 백합꽃이 살아납니다.

곳　　일경(一景)과 동일함.

때　　일경으로부터 이십일(二十日) 후(後) 어느 일요일.

정　식　　누나! 오늘은 공일이고 날도 따뜻하니 저- 건너 들로 놀러 갈까?

　　　　　응 누나!

정　옥　　난 싫다. 너나 가서 놀다 오렴.

정　식　　그럼 젖엄마, 나하고 같이 놀아 응?

젖엄마　　나는 다른 델 좀 가야겠으니까 못 가겠수!

정　식　　그럼 나 혼자 가서 놀다 올까?!

정　옥　　그래 혼자 가서 놀다 오려무나!

정　식　　그럼 가서 놀다 올게….

정　옥　　다치지 않게 놀아라. 저- 그리고 일찍이 와야 한다. 응!

정　식　　응 일찍 올게. (나간다)

젖엄마	참 도련님은 놀기도 잘하지. 뭐- 아무 것도 모르니까 그럴 수밖에…. 저 나도 복순(福順)네 집에 가서 돈 좀 꾸어 가지고 올게!
정 옥	그럼 얼른 다녀와요. 나 혼자 있으면 심심하고 무서워!
젖엄마	응 내 얼른 다녀올게! (나간다)
정 옥	아이 혼자 있으니까 심심한데… (정옥 "흰 돛단배" 二節을 獨唱한다. 노래가 끝난 후에 明淑이 登場)
명 숙	정옥아….
정 옥	명숙이 오는구나. 어서 오너라.
명 숙	어 혼자 있니? 젖엄마하고 네 동생은 어디 갔니?
정 옥	응 젖엄마는 마실 가고 내 동생은 저- 들에 가서 논단다. 그래서 내가 집을 보면서 혼자 있단다. 혼자 심심한데 참 잘 왔다.
명 숙	응 그래 그런데 말야. 정옥아. 너 요새 사흘 동안이나 학교엔 왜 안 왔니? 그래 선생님께서 궁금하다고 가 보라고 하셨다. 뭐 있다 선생님이 오실는지도 몰라.
정 옥	저- 못 갈 일이 생겼어…….
명 숙	아니 무슨 일이 생겼길래….
정 옥	뭐 별 일은 아니다. 그런데 우리 반에서 무슨 일이나 없었니?
명 숙	그래 별 일은 없었다. 다만 네가 며칠 동안 안 와서 맨들 걱정을 했단다.
정 옥	뭐 내일부터는 학교에 갈 걸…….

명 숙	정말 꼭 와야 한다.
정 옥	그래 꼭 갈게…. 그런데 학과(學科)는 많이 배웠니?
명 숙	응 많이 배웠지-. 그러데 정옥아! 어디 아파서 안 왔니?
정 옥	아니 다른 일이 있어서 그랬다. (金先生 등장하며)
김선생	오! 잘 있었니? 아 명숙이도 왔구나!? 그런데 정옥아! 내가 진작 와서 보려고 했는데 학교 일도 바쁘고 이리저리 바빠서 이렇게 일요일을 택해서 찾아왔다. 그런데 너 요새 며칠 동안 학교는 왜 결석을 했니? 응? 무슨 일이나 생겼니?
정 옥	뭐 아무 일 없어요.
김선생	아니 그러면 어디가 아파서 못 왔니?
정 옥	아뇨. 공연히 가기가 싫어서 그랬어요.
김선생	뭘- 거짓말이지. 너같이 공부 잘 하는, 아니 전교(全校)의 모범생 (模範生)이 학교에 오기 싫어서 안 왔다고…. 허- 그것은 거짓말이지! 정옥아 어디 바른 대로 말을 좀 해 봐라 응?
정 옥	저! (느끼며) 아무 일 없어요.
김선생	아니 울긴 왜 울어! 아무래도 무슨 일이 있었기에 울며 말을 안 하지. 명숙이가 있어서 말을 못 하나? 그러면 나한테 하기가 거북해서 그러나? 응. 자 그럼 명숙아 너 좀 나갔다가 있다 들어오너라. 어디 정옥이 말 좀 들어 보게!
명 숙	네! 아이 애두. 무슨 일이길래 말을 못 하니. 그럼 내 있다 또 올

게! 선생님 이따 또 뵙겠습니다.

김선생 오냐. (사이) 자! 인제는 아무도 없으니 말을 해 봐라 응.

정　옥 저- 어저께가 월사금(月謝金)을 바치는 기한이 아녜요!? 그래서
　　　　며칠 전부터 젖엄마가 꾸러 다녔는데도 전전달 것까지 모두 석
　　　　달치나 되기 때문에 꾸다 못해 일학년(一學年)에 다니는 제 동생
　　　　정식이 것만 주고 저는 학교를 그만두려고 생각했어요. 제가
　　　　학교를 그만두고서 어느 공장에라도 가서 정식의 월사금이나
　　　　마 밀리지 않게 월사금을 대려고 생각했습니다. 그래서 학교에
　　　　를 못 갔어요….

김선생 (놀래며) 아니 그게 무슨 말이냐? 당치도 않은 말을 하는군 그래.
　　　　아니 월사금을 몇 달치 못 냈다고 학교를 그만두고 공장에 가
　　　　서 일을 하다니…. 에이 어림도 없는 일이지-. 자! 울지를 말아
　　　　라. 나도 그러지 않아도 네가 월사금 때문에 못 온 줄로 짐작은
　　　　했지! 정옥아, 아무 걱정 마라. 너하고 네 동생 정식이의 월사금
　　　　은 학교직원회(學校職員會)에서 면제를 하기로 되었다. 장래가
　　　　유망한 아이들이고 더군다나 너희 남매가 다- 이렇게까지 고생
　　　　을 하며 늘 우등(優等)을 하며 진급(進級)을 하니 우리 학교를 졸
　　　　업(卒業)할 때까지는 면제하기로 결정을 했다. 그러니 아무 걱
　　　　정 말고 마음을 굳게 먹어라. 응!

정　옥 (놀래며) 네! 그게 무슨 말씀이세요!?

김선생	뭐- 그렇게 놀랠 것 없다. 뭐- 학교에서 벌써 결정을 한 것이니까. 그러니 그렇게 알고 내일부터는 다시 학교에 오너라. 자! 울지 말어! 울면 무슨 소용(所用) 있나! 그런데 정식이는 어디 갔니?
정 옥	네. (사이) 선생님… 고맙습니다.
김선생	뭐- 별 말을 다- 하는구나. 그럼 나는 가 보겠다. 잘 있거라. 내일부터는 학교에 꼭 오너라 응?
정 옥	네-. 안녕히 가세요.
김선생	오냐 잘 있거라. (퇴장, 사이)
정 옥	아! 이 일을 어떻게 하나. 젖엄마도 우리를 어떻게 해서라도 학교는 졸업시키려고 애는 쓰지! 그러나 애 써도 되지를 않는 걸 어떻게 하나! 뭐- 어느 때라도 아버지가 오실 것이지! 그럼 나는 아버지가 오신 다음에 이 이야기를 다- 하고 모든 것을 다- 갚게 할 테야. 아버지! 아버지! 얼른 하루라도 바삐 와 주세요. 네! (울음을 그치고 눈물을 씻는다. 사이, 젖엄마 급히 등장)
젖엄마	퍽 기다렸지!? 그런데 왜 울었수?
정 옥	(울음이 남아서 느끼며) 아니.
젖엄마	그러데 정식이는 아직 안 왔구….
정 옥	응 그런데 복순네 집에서 돈은 꾸어 주?
젖엄마	글쎄 오십전(五拾錢)만 꾸어 주겠지! 그것도 내일은 월사금을 꼭

갖다 주어야겠으니 꾸어 달라고 사정사정 말을 했더니 할 수 없이 꾸어 주겠지! 그래도 석달치를 한꺼번에 내려며는 일원오십전(一圓五拾錢)이 모자라는데 저-번에 내가 바느질 값 받은 게 일원이고 오늘 오십전하고 하면 일원오십전이 모자라지! 어디 저- 윗동네 아는 집에 가서 꾸어가지고 올까?

정 옥   아무렇게나 하우. 그런데 잘 꾸어 줄까?

젖엄마   글쎄, 꾸어 줄지 모르지! 그럼 내 얼른 갔다 올게 기달류. (나간다)

정 옥   응 얼른 갔다 와. (사이) 뭐- 아까 김선생께서 오셔서 말씀하시고 가신 일을 젖엄마한테 말할 것을 그랬지! 그러나 언제까지라도 학교에 폐를 끼치면 되나?! 새 달부터는 학교에서 내 준다고 하더라도 지난 석달치는 그래도 물어야지! 그런데 정식이는 어디로 갔길래 여태 안 들어오나. 아이 아버지나 얼른 오셨으면….

(이때 아버지 백합꽃을 한 다발 사가지고 등장)

아버지   아! 정옥아! 나다, 아버지다!

정 옥   아, 아버지! (얼른 아버지에게 매달려 운다)

아버지   오! 정옥아. 퍽 기다렸지! 그리고 이 아버지를 원망도 했지! 아- 이 아버지가 모두 잘못했다. 용서해라. 그러나 모든 것이 살기 위해서 그렇게 너희를 두고 나갔었지! 자 울지 마라. 그런데 정식이는 어디 갔니? 또 젖엄마는 어디를 가구. 응 정식이는 꽤 컸을 걸….

정　옥　네. 젖엄마는 저- 윗동네로 내 월사금을 꾸러 갔어요. 그리고 정
　　　　　식이는 나가 놀아요.

아버지　아! 그러냐!? 참 젖엄마는 무던한 사람이지. 뭐- 인제는 월사금
　　　　　은 아버지가 꼭 꼭 줄 걸…. 자! 울음을 뚝 그치고 우리 정식이
　　　　　를 찾으러 나가자. 그래서 우리 셋이 너희 어머니 산소에를 가
　　　　　자. 이 하얀 백합꽃을 너희 엄마는 퍽 좋아했단다. 너도 좋아하
　　　　　지? 하 하, 나도 좋아한단다. 그래 이 백합꽃을 너희 엄마 산소에
　　　　　다가 꽂아 놓고 오자. 자! 그럼 우리 나가서 정식이를 찾아서 얼
　　　　　른 산소에 갔다 오자… .뭐- 지난 이야기는 인제 아버지가 어디
　　　　　안 가고 너희들하고 오래 오래 잘 살 테니 차차 하기로 하고 어
　　　　　서 가자. 자! 울음을 어서 그쳐라.

정　옥　(기뻐서) 아버지!

이경(二景) 서곡(序曲) 합창(合唱)

　　　　　　　- 유쾌한 음악 반주(音樂 伴奏)와 같이
　　　　　　　급(急)히 막(幕)

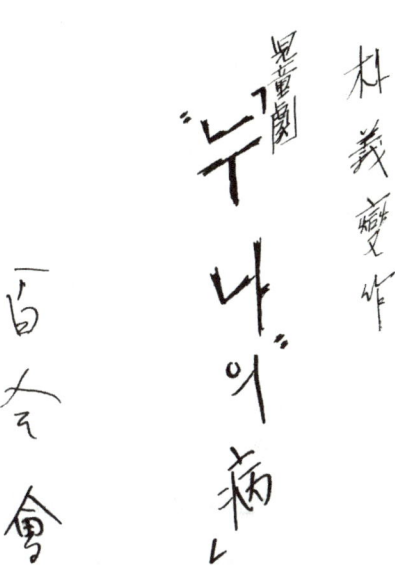

아동극 **누나의 병**

박의섭 작

백합회
1939.12.10夕 방송 대본

인물人物

명주(明珠, 누나)_ 이원정(李源貞)

명남(明男, 동생)_ 김호준(金虎俊)

길순(吉順, 동모)_ 이계순(李桂淳)

어머니_ 구계순(具桂順)

아버지_ 윤주천(尹柱天)

의사_ 박의섭(朴宣涉)

해 설	명남(明男)이 누나 명주(明珠)는 한 달 동안이나 자리에 누워 있습니다. 그것은 감기가 우연히 더해서 폐렴(肺炎)이 되어가지고 무던히 고생을 하게 된 까닭입니다. 그래서 어머니, 아버지께서는 크게 염려하시어서 유명한 의사(醫師)를 불러 진찰을 하고 약을 먹여서 인제는 거의 다- 낫게 되었습니다. 오늘도 기운이 없어서 이리 저리 몸을 어떻게 했으면 좋을지 가만히 안 두고 있습니다.
	(레코-드)
명주(明珠)	명남(明男)아! 명남아! 이리 좀 와.
	(사이)
명 주	아니 얘가 또 어디를 갔담. 명남아! 명남아! 참 애두.
어머니	(밖에서) 명남이 학교에서 아직 안 왔다.
명 주	어머니, 명남이 어디 갔수.
어머니	아직 학교에서 안 왔다. 왜 그러느냐.
명 주	어머니! 나 물 좀 갔다 줘!
어머니	오냐 내 데워 가지고 가마. (사이)
명 주	아이 갑갑해. 왜 입때 안 오나. 어서 좀 오지 않고서-. 어머니, 어머니 춰, 아이 춰! 어머니!
어머니	(물을 가지고 오며) 얘가 또 오한이 나는구나. 이 뜨끈뜨끈한 물을 마시고서 이불을 푹- 쓰고 있으려무나.

명 주	아이 춰. 어머니 어떻게 해.
어머니	있다가 아버지께서 의사 선생님 모시고 오실 게다. 좀 괴로워
	도 꾹- 참고서 병(病)을 이겨 나가야지. 입때까지 참아왔는데 그
	걸 못 참겠니! 인제는 다- 난 걸-. 이불을 쓰고 좀 있어!
명 주	어머니! 나 명남이 좀 불러 줘- 응.
어머니	글쎄 학교에서 아직 안 왔다. 참 (이른 것을 생각하듯) 오늘은 좀
	늦게 온다고 그러더라. 무슨 전람회 구경 갔다 온다고 그랬지.
명 주	무슨 전람회 구경! 나도 갔으면!
어머니	글쎄 무슨 전람회라고 그러더라. 방광이라나 방공이라나 하는
	전람회라더라.
명 주	방공 전람회! 나도 가 봤으면!
어머니	얘 얘 네가 어떻게 가느냐. 이 다음에 다- 낫거든 가지.
명 주	이 다음까지 하나 뭐!
어머니	그럼 이 다음까지 하고 말고!
명 주	뭘- 거짓말.
어머니	얘 좀 보게. 만약에 이 다음까지 안 하면 아버지보고 말해서 네
	가 하고 싶은 구경 다- 해 주게 할 걸 뭘 그러니.
명 주	그럼!
어머니	그럼! 정말이고 말고!
명 주	어머니 ! 명남이가 올 때 아직 멀었수.

어머니	글쎄 모르겠다. 뭐- 곧 올 테지.
명 주	아이 얼른 좀 왔으면!
어머니	글쎄 말이다. (사이) 얘 난 나가겠다.
명 주	왜, 싫어 싫어-.
어머니	저녁밥 할 때가 됐는데 나가야겠다.
명 주	명남이가 오면 나가요.
어머니	그럼 저녁이 늦지 않니.
명 주	늦으면 어떠우.
어머니	늦으면 안 되지 뭘 어때. 그러지 말고 혼자 가만히 누워 있거라. 명남이가 곧 올 걸 뭘 그러니. 난 나가 봐야겠다.
명 주	아이 어머니도 참. (어머니 방을 나서자 명남이 들어온다)
명 남	어머니! (크게)
어머니	얘 명남이 오는구나.
명 남	어머니 지금 와요. 누나가 퍽 기다렸죠.
어머니	얘 얘, 기다리다마다. 아주 짜증을 다 내는구나. 얼른 좀 들어가 봐라.
명 남	그래서 막 뛰어왔는데.
어머니	너 아침에는 늦게 온다고 그러더니 그렇게 별로 늦지 않았구나.
명 주	(방에서) 명남아! 얼른 들어와.

명 남	웅! (사이) 어저께는 여섯 시간 하고 간다- 그랬는데 네 시간만 하고 갔다 왔지. 그래서 좀 일찍 왔어요.
어머니	웅 그러냐. 난 저녁 밥 질 테니까 넌 누나하고 같이 있거라. 어디 가지 말고. 어디 갈 데 없지!?
명 남	예. (사이, 방으로 들어간다.)
명 주	왜 인제 오니. 좀 빨리 오지.
명 남	빨리 뛰어왔는 걸. 누나 퍽 갑갑했지.
명 주	그럼. 그런데 방공(防空) 전람회 좋던!
명 남	그럼 참 잘 해 놨던데.
명 주	아이 나도 가 봤으면.
명 남	누나가 어떻게 가 본다고 그러우. 이 다음에 다- 낫거든 가 보지.
명 주	그래도 뭐! 이 다음까지 하니.
명 남	그럼 또 할 걸 뭘!
명 주	아이 참. 나는 네가 늦게 와서 참 심심해서 혼났다. 그래 어머니 저녁하러 나간다고 그러시는 것도 네가 올 때까지 기다렸다 하라고 그랬단다. 참 너두.
명 남	뭐- 내가 일부러 늦게 왔수. 학교에서 하는 일인데 뭐. (이때 명주 동무 吉順이가 와서)
길 순	(문 밖에서) 명주야!

명　주　　　응 누구냐!

길　순　　　나다, 나야.

명　주　　　누구냐 나가. 명남아, 문 좀 열어 봐라.

명　남　　　(문을 열며) 응! 길순이로군. 그래 들어와.

명　주　　　길순이냐, 들어오너라. 뭘 그냥 들어오지 않고서 밖에서 부르
니.

길　순　　　그래도 뭐-. (들어와 앉는다)

명　주　　　그런데 어딜 갔다오는 길이냐. 너 아직 집에 안 갔구나. 책보를
그냥 들고 왔게.

길　순　　　응 학교에서 파해가지고서 우리 언니네 집에 좀 갔다 오느라고
늦었단다.

명　주　　　저 재동(齊洞)에 사는 언니네한테!

길　순　　　그래 오늘 뭐 내 조카 돌날이라나. 그래서 잠깐 다녀서 오는 길
에 네가 오늘은 좀 어떨까 하고 들렀지.

명　주　　　응 그래 난 오늘은 좀 괜찮아. (사이) 네 조카 퍽- 컸지, 그 전에 내
가 볼 적보다는….

길　순　　　그럼 아주 재롱을 다 부리는데 뭘-.

명　주　　　그래 오늘 돌상에서 뭘- 먼저 집었다니-.

길　순　　　돈을 먼저 집었대. 그리고서 다음에는 책(冊)을 집고, 그 다음은
실을 집었다나 봐.

명 주	어쩌면 이 다음에 부자는 되겠구나. 돈을 먼저 집었으니까. 그리고 공부 잘 하고, 또 실을 집어서 오래는 살겠는데 그래.
길 순	그렇지만 어디 그것대로 가니.
명 주	애 좀 봐. 그래도 그렇지 않다. 명남이는 돌 때 책을 먼저 집었대. 그래서 지금 공부를 잘 한다 그래 우리 어머니께서 늘- 말하시던데.
명 남	아이 참 누나도. 내가 뭘 공부를 잘 한다고 그러우. 참 누나두.
명 주	아주 또 좋아서-.
길 순	뭘 좋아서-. 괜-히 그러지.
명 남	참 누나도. 그랬다구 공부를 잘 하우. 내가 열심히 하니까 그렇지.
길 순	그렇기는 해. 내 동생도 돌날 책을 먼저 집었다는데 얘. 지금 공부커녕 밤낮 겨우 낙제나 면하는 걸 뭘-. 거저 제가 열심히 해야 되는 거야. (사이)
명 주	그런데 오늘 창가(唱歌) 시간에는 무슨 노래를 배웠니?
길 순	아니 그 전에 배운 "자장가"를 다시 해 보고서 음악(音樂)에 대한 이야기를 해 주셨다.
명 주	아이 얼른 좀 나아서 학교엘 가 봤으면. 제일 갑갑해서 자리에 못 누워 있겠어.
길 순	그렇지. 하루 이틀이 아니고 갑갑하지. 그러나 몸이 얼른 낫는 게

제일(第一)이니까 갑갑해도 좀 참아야지 할 수 있니. 그러나 무엇보다도 반갑다. 퍽 나았다니. 얼른 나아서 같이 학교에 다니면서 즐겁게 공부할 걸 생각하니–.

명 주　얼른 다- 나아서 뛰어도 보고 장난도 좀 치고 노래도 불러 보고 했으면 참 좋겠어–.

길 순　인제 얼마 있으면 그럴 걸 뭘 그러니.

명 남　누나 나 저- 앞 가게(商店)에 좀 갔다 올게.

명 주　왜, 무엇 사러 가니?

명 남　응 연습장(練習帳) 하나하고 습자지(習字紙) 좀 사야겠어–. 내 곧 사 가지고 올게.

명 주　그래 얼른 다녀오너라.

명 남　응 다녀올게. (나간다, 사이)

길 순　참 나도 가 봐야지.

명 주　왜 좀 더 놀다 가려무나.

길 순　가 봐야지. 책보를 들고 늦게 가면 좀 재미없어. 그리고 또 집에서 너무 늦게 가면 기다리시지 않니.

명 주　그래도 뭐–.

길 순　내 내일 와서 실컷 놀게. 내일은 토요일(土曜日)이니까 일찍 학교에서 파하니까 일찍 와서 실컷 같이 놀게. 오늘은 그만 가야겠다.

명 주	그럼 내일 꼭 와야 한다.
길 순	그래 꼭 올게 염려 마라. 그럼 내일 또 올게. (일어나 나간다)
명 주	그럼 잘 가라.
길 순	그래 잘 있거라. (사이)
명 남	(막 뛰어오며) 아이 바람이 아주 막 부는데.
명 주	겨울이 오니까 춥고 바람이 불지.
명 남	내일은 퍽 출 거야.
명 주	너 습자(習字) 써 갈 거 있니.
명 남	응 오늘 습자시간에는 산술(算術)을 하고 습자는 집에서 써 가지고 오라겠지. 우리는 요새 학과(學科)를 열심(熱心)히 공부해. 졸업(卒業)도 얼마 멀지 않았으니깐!
명 주	글쎄, 내년 봄 중학교(中學校)에 붙기나 했으면 좋겠다만.
명 남	뭐 열심히 하면 되겠지. (사이) 내 물 좀 마시고 들어올게!
명 주	그래 곧 들어와.
명 남	응. (나가자 곧 다시 들어오며) 누나, 누나. 아버지가 의사 선생님하고 같이 오셔.
명 주	그럼 애, 방 좀 얼른 치워라.
어머니	(문 밖에서) 의사 선생님 오십니까.
의 사	네 안녕(安寧)하십니까.
아버지	먼저 들어가시죠.

의 사	네- 네- 괜찮습니다. (모두 방으로 들어와 앉는다.) 응, 그래 그간 잘 있었니.
아버지	아침에는 춥고 또 배가 몹시 아프다기에 혹시 무슨 다른 증세나 없나 하고 겁이 나서 선생님을 모시고 왔지.
어머니	글쎄요. 인제는 배는 덜 아프다고 하는데 그래도 아주 안 아프지는 않은가 봅니다. 그리고 추운 건 가끔 추워서 괴로워하는데 좀 어떤가 보아 주십쇼.
의 사	네- 네 괜찮겠죠. 전보다는 아주 많이 나았는 걸요. (진찰을 한다. 사이) 요새 또 무얼 먹은 것이 체했나 봅니다. 열이 좀 있는데요
아버지	글쎄요. 자꾸 답답해 하는 것이, 그리 영향 될 것은 없는지요.
의 사	네- 네 괜찮습니다. 아무 일 없습니다. 곧 낫게 해 드리죠. 그리고 추운 것도 괜찮습니다. 가서 곧 약을 지어 보내 드리죠. 아무 염려 마십쇼. 다! 나았는 걸요. 아무 일 없습니다.
아버지	아무 염려 없겠습니까!
의 사	네- 네 아무 염려 될 것 없습니다. 안심(安心)하십쇼. 몸 조섭이나 잘 하고 약(藥)은 지어 보낼 테니 그리 아십쇼. (일어난다)
어머니	바쁘신데 이렇게 오시게 해서 퍽 죄송합니다.
의 사	원 천만의 말씀을 다 하십니다. 제 일인데요 뭘-요.
아버지	가 보시게요.
의 사	네- 네 가 봐야겠습니다. (나가며) 안녕히 계십시오. 너 몸조심하

고 맘을 든든히 먹고 잘 있거라.

명 주   네- 선생님 안녕히 가세요.

의 사   오냐, 잘 있거라. 안녕히들 계십쇼.

아버지   네 안녕히 가십쇼. 바쁘신데 이렇게 오셔서 보아 주시니 참으로
         감사합니다.

어머니   안녕히 가십시오.

의 사   네 안녕히 계십쇼. 다 나았으니까 안심하세요. 들어가시죠.

아버지   네- 네 그럼 안녕히 가십쇼. (한참 사이) 명주야 어떠냐 기분(氣
         分)이 퍽- 나은 거 같지! 참 명주 그동안 고생 많이 했다.

명 주   뭘! 아버지 어머니가 있는 걸 뭘. 인제는 다- 나은 걸 뭘!

아버지   명주야 인제 네 병(病)도 다- 나았으니까 염려 마라. 네 병만 나
         으면 내 무엇이든지 네가 하고 싶은 대로 다 해 줄게. 그리고 우
         리 모두 구경 가자. 국화(菊花) 구경도 하고. 하- 인제 네 병도 나
         으니까 내 마음도 기쁘다.

         (快活한 音樂 伴奏… 一景終)

이경(二景)

해 설   며칠이 지난 날이었습니다. 그렇게 오랫동안 앓던 명주의 병

(病)도 인제는 다- 나아서 오늘은 아버지 어머니 그리고 명남이 하고서 모두 국화(菊花) 구경이며 여러 가지를 사러 거리로 나왔습니다. 구경(求景)할 것은 하고 살 것은 사가지고 집으로 들어왔습니다. 명주는 오래간만에 거리를 걸어 보았습니다. 참으로 상쾌하고 좋아서 어쩔 줄을 몰랐습니다.

명 주   아이 오래간만에 걸어 보니까 참 좋은데.

명 남   누나 어떠우, 괴롭지 않우?

명 주   애 괴로운 게 뭐냐. 아주 시원하고 좋은데.

아버지   참 명주, 인제는 네 마음대로 뛰며 놀겠다. 그동안에 못 논 것을!

어머니   명주야, 그래 그만큼 걷고 바람을 쏘였는데 아무렇지도 않으냐?

명 주   아이 어머니두. 시원하고 인제 세상(世上)에서 사는 것 같우!

아버지   자! 그럼 그 사 온 과자나 먹으며 놀거라. 난 볼 일이 있어서 좀 나갔다 오겠다.

명 주   네 늦게 오세요?

아버지   응 좀 늦게 올지도 모른다. 다녀오마.

명 주   네 다녀오세요.

명 남   다녀오셔요.

아버지   오냐. (나간다)

명 주	아! 참 인제 내일부터 학교에 가면 애들하고 막 뛰며 놀고 참 재미있겠네.
어머니	그렇다고 또 너무 뛰며 장난하지 마라. 해로울는지 아니….
명 남	누나, 길순이 오라고 가서 부를까?
명 주	그만 둬라. 아까 아침에도 잠깐 왔다 갔는데 저녁 먹고 온다고 그랬으니 그만 둬라!
명 남	참 누난 오래간만에 학교 가겠네. 며칠만에 가나.
어머니	뭐- 꼭 한달 동안이로구나. 그래도 병이 나았으니까 무엇보다도 기쁘다야 내 마음이!
명 주	오래간만에 학교에 가니까 이상할 거야 내 마음이!
어머니	뭘 이상해. (사이) 애, 너희들끼리 놀아라. 난 나가서 일 좀 해야겠다.
명 남	네! (어머니 나간다)
명 주	응, 인제 나가서 일 해도 괜찮우. 나도 다 나았으니까.
명 남	참 누나, 인제 누나도 다 나았으니까 털장갑 짜 주어야 하우.
명 주	그래 그래. 아버지보고 실 사 달래서 곧 짜 줄게. 참 너도 입때 안 잊어 버렸구나.
명 남	아 그걸 잊어 버려!
명 주	꼭 짜 줄게. 그동안 내가 아파서 못 짰으니까는! 염려 마라. 꼭 짜 줄게!

명 남	응 뭐- 누나가 잊어 버리지는 않겠지.
명 주	그래 염려 마라! 저- 책상(冊床) 위에 있는 저 잡지(雜誌) 좀 갖다 다우.
명 남	응! (사이)
명 주	아 좀 드러누워서 책(冊) 좀 봐야지. 다리가 인제 아픈 거 같은데.
명 남	거기 따뜻한 데 좀 드러누우!
명 주	참 이번에 명남이 너 혼났지. 내가 앓는데 내가 졸라대서….
명 남	뭘 누나가 앓고 있는데 나 혼자 좋아서 노나 뭐-. 으레 누나를 잘 보아 주며 같이 있어야지.
명 주	참, 우리 명남이 착하지.
명 남	난 참, 인제 누나가 나아서 참 좋아.

- 유쾌(快樂)한 음악(音樂)이 들리며 종(終)

金順禎 脚色

兒童劇
"沈淸"

全三景

百合어린이會

아동극 **심청**

전3경

김순정 각색

백합어린이회
1937.9.27 제4회 방송 대본

지휘(指揮)_ 김순정(金順禎)

효과(效果)_ 효과반(效果班)

배역(配役)

심청(沈淸)_ 이현옥(李賢玉)

심봉사(沈奉事)_ 박영일(朴英一)

동리부인(洞里婦人)_ 김향숙(金香淑)

국왕(國王)_ 윤상무(尹相武)

기타(其他)_ 심청(沈淸)이 동무 2인(二人)과

선인(船人), 맹인 다수(盲人多數)

효녀 심청(孝女 沈淸)이 이야기는 말씀 안 들이어도 여러분께서 잘 아실 줄 압니다. 그러니 극(劇)에 대(對)한 이야기는 그만두고 극(劇)을 곧 시작(始作)하겠습니다.

일경(一景)

곳   심청이 집

(效果 – 開演하기 前 슬픈 音樂伴奏)

봉사(奉事)   아니, 이 애가 어디를 갔길래 여지껏 안 올까? 눈먼 애비를 혼자 두고……. (사이)

(效果) 방문 여는 소리가 나며 청(淸) 등장(登場)

청(淸)   아버지 퍽- 기다리셨지요.

봉 사   오냐 퍽 기다렸다. 그런데 어디 갔다 이렇게 늦게 돌아오느냐?

청   네, 좀 놀다 오느라고 그랬어요. (근심에 싸인 아버지 얼굴 알아낸 듯이) 아니 아버지 어디가 편찮으시어요, 네-? (사이) 그럼 무슨 걱정되시는 일이 있으세요, 네? 아버지 왜 말씀을 안 하세요. 아버지!

봉 사	심청아 들어 봐라…. (사이) 나는 오늘 큰일을 저질렀다. 그것은 하도 네가 안 오기에 기다리다 못하여 문(門) 밖을 나갔었다. 그래도 안 오기에 좀 더- 나가 본다는 것이 앞 못 보는 탓으로 실족(失足)을 해서 그만 개천에 빠져 헤메고 있던 차에 마침 지나가던 노승(老僧)이 건져 주며 하는 말이 "저런 가엾을 데가 어디 있소. 앞 못 보는 탓으로 그랬구려. 공양미(供養米) 삼백석(三百石)만 부처님께 시주하면 먼 눈을 뜰 터인데…." 하더구나. 그래 나는 그 소리를 듣고 눈 먼 것이 원통하여 참다 못하여 주책 없이 꼭 삼백미(三百米)를 부처님께 시주하겠다고 약속(約束)을 하여 버리었다. 그러나 너도 다- 아다시피 우리같이 가난한 형세(形勢)에 삼백석이라는 쌀이 어디서 나니? 그렇다고 시주를 안 하면 부처님을 속이게 되고…. (사이) 생각하면 할수록 당치 않은 일을 저질렀구나. 그러니 이 일을 어찌 하면 좋겠니? (사이)
청	아버지 너무 걱정 마세요. 그- 삼백석의 쌀은 제가 무슨 수를 해서라도 기어코 장만하여 시주하겠습니다. 그러니 아버지는 염려 마시고 계세요!
봉 사	아니 네가 무슨 수로 그 많은 것을 장만한단 말이냐? 응, 얘야 무슨 수로….
청	걱정 마세요. 기어코 장만할 터이니까요.

봉 사 　아니 글쎄 무슨 수로 장만한단 말이냐? 말 좀 해 봐라? 답답하구
　　　 나!

　청 　염려 마세요. 아무 일 없으니까요. 네 아버지-. (沈默) …아버지,
　　　 저- 어디 좀 다녀올게요. 또 기다리지 마세요. 잠깐 다녀올 터이
　　　 니까요.

봉 사 　오냐. 그럼 빨리 다녀오너라. (淸 退場, 奉事 獨白) 팔자(八字)가
　　　 사나와서 앞 못 보는 소경이 되고…. (느낀다) 공양미 삼백석은
　　　 어디 있어서 부처님께 시주를 한단 말이냐. 모두가 앞 못 보는
　　　 탓이로구나. 오! 심청아, 심청아. (사이- 심청 急히 登場)

　청 　아버지, 퍽 기다리셨지요. 저- 그런데 공양미 삼백석은 장만
　　　 해서 부처님께 시주를 하고 오는 길입니다.

봉 사 　아- 니, 얘야. 네가 어디 가서 삼백석을 얻어다 부처님께 시주를
　　　 하고 왔단 말이냐. 그 말이 거짓이냐 정말이냐? 응 얘야.

　청 　아버지 마음 놓으시고 편안히 계세요. 공연히 근심만 하시면
　　　 신상(身上)에 해(害)가 돌아오니까 아무 생각 마세요. 그 삼백석
　　　 은 정말 시주를 하고 왔으니까요.

봉 사 　심청아, 글쎄 너가 어디서 삼백석을 얻었단 말이냐. 말 좀 해다
　　　 우. 갑갑하구나. (사이) 아니 왜 말을 안 하니 응. 왜 이- 애비를
　　　 속을 썩이느냐? 어서 말 좀 해 봐라, 응 청아!

　청 　아버지 모든 것을 편안히 하기 위(爲)하여 그 삼백석은 시주를

봉　사	아니 그래 말을 안 하겠단 말이냐? (이때 심청이 동무 二人 登場)
동무들	심청이 있니?
청	그래, 난 누구라구. 용순(龍順)이 하고 금전(錦全)이 오는구나?!
용순(龍順)	그런데 얘- 저- 오늘 말이다. 조- 윗동네 있는 길희(吉姬) 있지 않으냐? 그 애 생일이 오늘이라고 우리들하고 너하고 오라고 하길래 너하고 같이 가려고 왔다. 그러니 안 갈 테냐?
청	글쎄 가서 놀다가 왔으면 좋겠지만 못 갈 일이 생기었다.
금전(錦全)	무슨 일이 생기길래 못 가니? 그렇게 큰일이 아니면 같이 가 놀다가 오자 얘!
청	너희들 둘이만 가서 놀다가 오렴. 그리고 가거든 나는 무슨 일이 있어서 못 온다고 하면 되지 않니?
용　순	그래도 얘- 섭섭하지 않으냐 뭐-.
금　전	나는 네가 안 가면 나도 안 간다. 같이 가서 재미있게 놀다 오려고 하는데!
청	그래도 할 수 없다. 나는 정말 못 가게 된 것을 어떻게 한단 말이냐?
용　순	아이 애두-. 참 너무 한다 너무해!
	(이때 船人 A, B, C 황망히 登場)
A	아 심청이 있소. 심청이- 있거든 얼른 나와!

하고 왔으니 염려 말고 계세요.

금 전	아니 누군데 저렇게 큰소리로 잡아갈 듯이 부르니-. 응 심청아, 누구냐?
B	얼른 나와 시간(時間)이 급(急)하니까. 빨리 가지 않으면 안 돼. 갈 길이 바쁘니까.
봉 사	(깜짝 놀래) 아니 누구가 우리 딸 심청이를 나오라고 하는 거요. 대체 어디를 가길래 그러는 거요. 응? 무슨 일로 그러는 거요?
청	아버지 아무 것도 아녜요. 아버지는 걱정 마세요.
봉 사	글쎄 애야. 무엇이 어때서 너를 누구가 데리러 왔느냐? 응 이야기나 좀 해 보려무나.
C	아니 무엇 하는 것이야. 얼른 나오지 않고 응?
동무들	아니, 심청아. 무슨 일이냐?
청	아무 것도 아니란다. 염려 마라.
봉 사	아무 일이 없으면 왜 너를 데리고 가려고 하니….
청	저- 저…. (洞里 婦人황망히 登場)
부 인	얘 심청아, 네가 공양미 삼백석에 팔려갔다니 정말이냐? 그것이 정말이라면 앞 못 보시는 아버님은 어찌 하려고? 응 애야.
봉 사	아니 내 딸 심청이가 팔려 갔다니? 공양미 삼백석 때문에 팔려가? 응! 이를 어찌 하니?
A	아니 무엇 하는 거야 얼른 나오지 않고-, 그것 참!
청	아버지 말씀 드리지요. 저- 다른 것이 아니라 남경(南京)으로

다니며 장사를 하는 선인(船人)들이 뱃길을 편안히 하기 위(爲)하여 해마다 해마다 한번씩 어린 처녀(處女)를 사서 수신(水神)에게 제공(祭供)을 하지 않아요. 그래 내가 삼백석을 받고 팔려 갔대요. 그런데 여기 와서 가자고 하는 사람들은 뱃사람인데 어서 가자고 온 것입니다. 아버지 염려 마세요.

봉 사   이게 대체(大體) 웬일이냐? 설사 부처님을 속인 죄(罪)로 백만(百萬)길 지옥(地獄)에 떨어질지언정 너만 죽일 수가 없다 죽을 것 같으면 부녀(父女)가 같이 죽자! 오- 심청아!

용 순   아니 심청아, 어떡하려고 그런 짓을 저질렀니? 앞 못 보시는 아버님을 두고서!

부 인   아니 심청아. 아버지를 어쩌고 그랬단 말이냐?

청   웅칠(應七) 어머니, 내가 없더라도 아버지 모시고 계세요. 다음에 또 만날는지도 모르니까요. 그리고 용순아 또 금전아, 염려 말고 잘들 있거라. 나는 갈 테다-. 자! 아버지 안녕히 계세요. 그럼 웅칠이 어머니 부탁하고 갑니다. (效果-처량한 音樂 伴奏)

A   무얼 하는 거야. 그것 참 안 되겠는 걸. 자- 여보게 끌고 가세 가.

B   바쁘니까 자- 가자 가!

봉 사   오! 내 딸 심청아 심청아!

부인,동무 오! 심청아! 심청아!

- 일경(一景) 끝

이경(二景) 일장(一場)

곳   궁중(宮中)

(效果) 상쾌한 음악 반주(音樂 伴奏)

시종(侍從)   상감님께 아뢰일 말씀이 있삽나이다.

국왕(國王)   응- 무슨 말인지 말하여 보게.

시   네 아뢰기 황송하오나 저- 남경(南京)으로 다니는 선인(船人)들이 남경에서 돌아오다가 제공소(祭供所) 앞을 보니 아주 어여쁜 보지 못하던 연꽃이 한 송이가 있길래 상감마마께 드리옵겠다고 가져 왔삽는데 받아 들이오리까?

왕   응- 아주 어여쁜 꽃이라고? 이상한 걸! 응 그럼 속히 이리 가져 오도록 하게!

시   네-. (退場 - 間 - 再登場) 황송하오나 여기 있삽나이다.

왕   응! 아주 참으로 어여쁜 연꽃인 걸!

시   네- 참으로 어여쁜 꽃이옵나이다.

왕   그럼 이- 연꽃을 이상하고도 어여쁘니 무슨 곡절이 있어 그러니 곧 가지고 가서 저- 마당에 있는 연못에다가 심도록 하게.

시	네 말씀대로 좇겠습니다. (꽃을 가지고 退場)
왕	참으로 이상한데. 하필이면 왜 한송이만 떴을까. 그것은 아무래도 알 수 없는 걸!

- 이경(二景) 일장(一場) 끝

이경(二景) 이장(二場)

때	일장(一場)이 지난 지 며칠 후
곳	연못 가

해 설	임금님은 날마다 날마다 연못 가에 가시어서 그- 어여쁜 연꽃을 들여다 보고 계시었는데 이날은 그- 어여쁘다는 꽃은 없어지고 난데 없는 어여쁜 색시가 들어 있어 깜작 놀래시었습니다.
왕	아니 꽃은 어디 가고 난데 없는 사람이 꽃송이에 들어 앉았느냐? 그런데 네가 정말 사람이냐?
청	네- 정말 사람입니다.
왕	응, 그래 이것은 참으로 이상한 걸. 하여튼 이리 나오너라. (淸이는 꽃송이에서 나온다) 그런데 어째서 이런 꽃에 들어가 있었더냐? 그것을 말해 보는 것이 어떠냐?

청	네 말씀 드리지요. 저는 본시 성(姓)이 심(沈) 가고 이름이 청(淸)이입니다. 그래서 심청(沈淸)이라고 부르옵나이다.
왕	응! 심청이-. 그래 그런데 어찌하여 그 제공소(祭供所) 앞에서 연꽃으로 변(變)해 가지고 있었던고. (사이)
청	네- 다름이 아니오라 저의 아버지가 눈이 먼 어른인데 어느 날 길에 나가셨다 앞 못 보는 탓으로 개천에 그만 빠지시었는데 지나가던 노승(老僧)이 구(求)해 주며 하는 말이 공양미 삼백석만 부처님께 시주하면 눈먼 것이 낫는다고 해서 삼백석 주기를 약속을 하시었답니다. 그러나 살림살이가 넉넉치 못한 저의 집에 무엇이 있길래 시주를 하겠습니까. 그래 생각다 못해 제가 삼백석을 받고 뱃길 제공서로 팔려 갔지요. 한참 동안 물속으로 들어가더니 큰 동해용궁(東海龍宮)이라 쓴 곳에 닿았겠지요. 그래 그곳 용왕(龍王)님이 저를 보시더니만 너의 효성(孝誠)이 지극(至極)하기에 구(求)하여 주니 다시 인간세상(人間世上)에 나가서 부친(父親)을 잘 봉양(奉養)하여라. 하시길래 나와 보니 먼저 들어갔던 제공서 앞에 연꽃으로 변(變)해서 있는 것을 선인(船人)들이 보고 이곳으로 데리고 온 것입니다.
왕	응! 네 말은 잘 알았다. 참으로 너의 효성(孝誠)이란 지극(至極)하다. 그러면 너의 부친(父親)은 집에 계시냐?
청	네- 황송하옵니다만 집에 계신지 안 계신지 잘 모르겠삽나이

다.

왕 　하여튼 너는 일생(一生)을 두고 나의 곁을 떠나지 말아 다우.

청 　네? 참으로 죄(罪)송스럽습니다.

해 설 　이리하여 심청이는 임금님 곁을 떠나지 않기로 하였습니다.
　　　그런데 심청이는 자기(自己) 아버지를 찾을 마음으로 임금님께
　　　전국(全國)에 앞 못 보는 이만 모아서 한 번 잔치를 열자는 데에
　　　임금님은 승낙을 하시었습니다.

- 이장(二場) 끝

삼경(三景)

때 　잔치를 연 지 제4일(第四日) 되던 날

(效果) 상쾌한 음악 반주 – 떠들썩하는 것을 말린다)

청 　아니 오늘도 안 오시나? 그러면 아버지는 이 세상(世上)을 떠
　　　나시었나? 아 아버지! 아버지!

(이때에 衣服이 남루한 沈奉事 登場)

청 　아니, 아버지가 아니세요? 네- 아버지!

봉 사 　아니 누구길래 날 보고 아버지라고 하우- ! 나는 자식(子息)이

라고 하나도 없는데!

청   네! 저예요. 심청(沈清)입니다. 심청이에요.

봉 사   아니 내 딸 청(淸)이가 이 세상(世上)에 살았다니 이것이 웬일이
        냐? 꿈이냐 생시이냐? 어디 어디!

해 설   심봉사(沈奉事)는 보이지 않는 눈을 번쩍 뜨며 광명(光明)한 천지
        (天地)에 그리웁던 딸의 얼굴을 보게 되었습니다.

청   오! 아버지! 아버지!

봉 사   오! 심청(沈淸)아! 심청(沈淸)아!

                          - 끝

                10회(拾回) 방송대본(放送臺本, 1938.5.18)

아동극 **어린이 세계**

전 1경

박의섭 각색

백합어린이회

배역(配役)

길동(吉童)

어머니

의사

하녀(下女)

때_ 아무 때나

곳_ 길동(吉童)이가 있는 방(房)

길동(吉童)이라는 아이는 얌전하고도 공부(工夫)를 잘 하는 아이 였습니다. 그런데 우연히도 몹쓸 병(病)에 걸려 월여(月餘)를 자리에 누워 있어, 모-든 것이 길동이에게는 귀치않고 싫증이 났습니다. 고명한 의사의 친절한 치료와 다정하신 어머님의 간호로 이제 병(病)도 다- 나아 갔습니다. 어머니는 길동이를 위로하시며 길동이와 같이 커-다란 종이에다 어린이 세계를 상상(想像)하며 꾸미어 보았습니다. 이렇게 어머님의 위안(慰安)과 또한 식모(食母)의 성심염려(誠心念慮)로 길동이의 병도 다- 나아서 또다시 학교(學校)에 잘 다니게 되었답니다.

일장(一場)

(效果) 기쁨을 띠운 레코-드 소리

어머니 길동(吉童)아! 열(熱)이 어제보다 식은 것 같구나. 이제는 차차 나아 가나 보다.

길동(吉童) 어머니 나 배(梨) 좀 주어!

어머니 아직 그런 것은 의사 선생님이 주지 말라고 그러셨는데!.

길 동 그래도 뭐- 싫어!

어머니	그럼 잠깐만 있어. 의사 선생님 오시라고 해서 다시 진찰을 해 보시게 한 다음에 주게 할게. 어멈! 어멈!?
하 녀	(밖에서) 네. (登場하며) 마님, 부르셨어요?
어머니	응 저- 병원(病院)에 가서 선생님 좀 모시고 오게-. 길동이가 배를 자꾸 달래는데, 좀 모시고 와!
하 녀	네-. (나간다)
어머니	길동아, 의사 선생님 오실 동안만 참아라. 공연히 배를 먹었다 더하면 어떻게 하니? 그러니 선생님이 오실 때까지 이 그림책이나 보고 있거라! 응!
길 동	싫어 밤낮 보는 그림책을 뭐-. 싫어!
어머니	그럼 무엇을 하고 놀까? 나하고 같이 놀련?
길 동	어머니하고 뭘 하며 놀아?
어머니	글쎄 무엇을 하며 놀까? 옳지 길동아. 우리 이 책상 위에다가 어여쁘게 어린이 세계를 꾸며 보련? 말로만이라도 좋고, 그렇지 않으면 종이를 펴 놓고 거기에다 그림으로 그려도 좋고. 응 길동아!
길 동	그럼 얼른 해 줘.
어머니	자- 그럼 책상 앞으로 다가앉아!
길 동	그럼 그림은 내가 그릴게!? 그런데 어린이 세계는 어떻게 꾸뮤? 그러나 그림은 어머니가 그리는 게 좋지. 내가 그림을 그리면

풀 같은 것이 너무 커지고 지저분하니까. 그러면 어린이 세계가 보기 싫지!

어머니　뭐- 그럴 것 있니? 너하고 나하고 의논하면서 같이 그리는 게 좋지 않으냐? 한 가지 한 가지씩!

길　동　그럼 그렇게 해! 그런데 어린이들의 키는 얼마나 크게 할까?

어머니　참 그것을 먼저 정해야지. 어떻게 하면 좋을까? 한 치쯤 하는 게 어떠냐?

길　동　좀 크게 하는 게 좋지 않우.

어머니　요만한 땅에서 많은 사람이 살도록 하여야 하겠으니까 그럼 한 치 닷푼(一寸五分)쯤 할까?

길　동　응 그럼 꼭 좋우. 그러면 그렇게 만들기로 해!

어머니　그럼 내 벽장 속에서 종이를 꺼내 가지고 오마.

길　동　얼른 가져와!

어머니　오냐 얼른 가지고 올게. (벽장에 가서 종이를 가지고 온다) 자! 우리 책상 위에다 펴 놓자. 그런데 산도 몇 개 있었으면 좋겠는데. 사람을 한치 닷푼으로 하면 큰 산이 없게 되겠다. 자- 산기슭이 이쪽 끝까지 나왔다고 하자!

길　동　조그만 언덕들도 많이 있어야지.

어머니　옳지 그럼 사람이 너무 커지는데…. 그러니 사람을 한 치쯤으로 하자.

길 동	그럼 어머니 말대로 그렇게 해 봐.
어머니	애 길동아, 큰 산도 있게 하자. 그리고 큰 개천도 있다고 하자. 그리고 저- 언덕 위에서 흘러내리게 하는 게 좋을 것 같다.
길 동	어머니 언덕 위에도 연못(池)이 있수? 그럼 그 못이 조금 눈에 보이도록 하게 해!
어머니	그래 그것도 좋다-. (문이 열리며 下女 登場)
하 녀	마님, 다녀왔습니다.
어머니	응 그런데 선생님 계시던가?
하 녀	네, 어디 잠깐 나가시고 안 계신 것을 기다려서 모시고 왔습니다.
어머니	그럼 얼른 이리 들어오시게 하게!
하 녀	저, 같이 모시고 오다가 저는 막 뛰어왔답니다. 아마 곧 오실 것입니다.
어머니	나는 지금 오셨다고. 그럼 밖에 나가서 기다리고 있어! 얼른!
하 녀	네! (나가며) 아이 숨 차!
길 동	어머니 벼루하고 붓 어디 있수?
어머니	벼루!? 여기 있다. 자- 먹을 갈아야지!
길 동	이리 좀 줘. 자 어머니도 붓 한 개를 가지고 쓰고 나도 한 개 가지고 쓰고….
어머니	나는 산 같은 것을 그릴 테니 큰 붓을 다우.

길 동	그럼 어머니는 높은 산부터 그려요.
어머니	오냐. 그런데 자 이것은 호수(湖水)라고 하자!
길 동	참 어머니, 저, 나무가 있어야지.
어머니	옳지, 나무 말이지. 호숫가에는 황철나무, 떡갈나무 또 느릅나무, 잣나무 그리고 낙엽송 같은 것도 있다고! 그런데 호숫가에서 내려오는 작은 내가 나무가 많이 선 사이로 흐른다구. 그렇게 하면 여름에는 아주 서늘한 골이 되고 또 가을에는 단풍이 곱고 또 겨울에는 산에 눈이 하얗게 쌓여서 어린이들이 눈 위로 썰매를 타기도 좋을 것이 아니냐?
길 동	참 좋은데. 그런데 어머니, 산 위에 집도 있는 게 좋지 않우?
어머니	옳지, 그것도 좋다. 그리고 거기에는 온천(溫泉) 같은 것도 있고 그리고 호수(湖水)를 구경(求景)할 수 있는 여관(旅館)도 있다구. 그것은 우리 산 위에다가 만들어 놓도록 하자.
길 동	응 참, 경치(景致)가 좋을 것 같은데!
하 녀	(밖에서) 마님, 의사 선생님이 오세요.
어머니	이리 모시고 들어오게. (문을 열며) 아이고 선생님 오십니까. 이렇게 오시게 하여 드려 퍽 미안(未安)합니다.
의 사	(따라 들어오며) 뭐- 별(別) 말씀을 다- 하십니다. 그런데 길동이가 난 것 같다고요? 하 하 하. 인제는 나았습니다. 그런데 배를 자꾸 먹겠다고 한다지요?

어머니	네 자꾸 배를 달란답니다. 그래도 선생님이 배는 주는 게 나쁘다고 하셔서 사과를 주나 어디 사과는 잘 안 먹는답니다. 그래 염려가 되어서 선생님께 다시 보이게 한 다음에 주려고 한답니다. 그러니 괴로우시지만 한 번 진찰을 해 보아 주세요. 저 그리고 여봐, (하녀에게) 손 씻으실 물 좀 떠다 놓게- 얼른. 비누하고.
하 녀	네. (나가며) 아이, 얼른 도련님이 나아야 할 텐데-.
의 사	네! (길동이 보고) 아가, 어디 보자.
해 설	의사는 길동이에 맥을 짚어 보며 머리를 만져 보았습니다. (사이)
의 사	뭐- 인제는 퍽 나았습니다. 그러나 요때 잘못하면 큰일이니까 그래도 주의(注意)를 해 주십시오. 저- 먹을 것은 될 수 있는 대로 해(害)되는 것은 주지 마시는 게 좋으며, 아직 바람도 쏘이지 않는 게 좋을 것 같으니 주의해 주십시오. 그리고 약(藥)을 더 먹게 하면 괜찮습니다.
하 녀	(登場) 물 떠 왔습니다.
어머니	응 거기다 놓게! 약(藥)만 더- 먹으면 낫겠습니까?
하 녀	선생님, 도련님이 곧 낫겠습니까?
의 사	(손을 씻으며) 네- 거의 다- 나았소!
어머니	바쁘신데 이렇게 와 주시니 고맙습니다.
의 사	원, 별(別) 말씀을 하십니다. 저- 너무 염려하지 마십시오. 곧 낫습

니다. 약(藥)을 다- 먹었으면 있다 사람을 보내서 가져오게 하시

죠.

어머니   네 그럼 있다 보내겠습니다. (사이)

의 사   그럼 안녕히 계십시오. 가겠습니다.

어머니   네 네, 잘 알았습니다. 그럼 안녕히 가세요.

의 사   네 안녕히 계십시오. (나간다)

하 녀   (나가며) 선생님 안녕히 가세요.

의 사   응 있다 약(藥) 가지러 오오!

하 녀   네 있다 제가 가겠어요.

어머니   (한참만에) 어멈, 저- 대야 좀 치워 놓게. 그리고 있다가 병원(病院)에 가서 약(藥) 좀 가지고 와!

하 녀   네 조금 있다가 가죠. 참 도련님이 차차 나아 간다니 반갑습니다. 어서 나아야지 어머님 마음이 편하실 텐데. (대야를 들고 나간다)

어머니   길동(吉童)아, 의사 선생님이 인제 곧 낫는다고 하셨지.

길 동   나 인제 약(藥) 안 먹을 테야 뭐-.

어머니   얘 그게 무슨 말이냐? 약(藥)을 먹어야지 병(病)이 얼른 낫지 않니? 조금만 먹으면 나을 텐데 뭘 그래! 그런 소리는 말아라. (사이) 아이 참, 아까 만들다 만 어린이 세계를 어서 만들자. 그만 깜박 잊었었구나. 자- 우리 산 위에다 집 좀 더 만들련? 호숫가

에 두 집 또- 이- 아래 시냇가에 두세 집만 있게 하면 어린이들이 산에 오를 적에 불편하지 않겠으니까.

길 동　응 좋아. 그런데 시냇물은 한 군데만 흐르게 하우? 좀 더 있는 게 좋지 않우?

어머니　왜 더 만들지.

길 동　그럼 그것은 다- 호수(湖水)에서 흐르게 하우?

어머니　그런 것도 있고 또 나무 사이 돌 밑으로 해서 샘솟아 흐르는 곳도 있지. 나중에는 그것도 커-다란 내로 흐르는 것이니까. 온천 같은 것도 큰 내 옆에 말고 작은 시냇가에 있는 게 좋지. 그리고 언덕 위에 있는 집은 두서너 집 나란히 있게 하자!

길 동　응 그럼 내가 작은 집을 그릴게, 어머니는 큰 집을 그리게 해. 응! 어머니.

어머니　오냐, 나는 큰 집을 그릴게 너는 작은 집들만 이쪽에다 그려라. 여기도 좀 그리고! 나는 요쪽에다 큰 집하고 호수에서 흐르는 냇물을 그릴게.

길 동　저- 온천에 있는 동리(洞里)에는 나무가 아주 많이 우거지게 해야 좋지 않우. 그리고 꽃나무도 많이 있어야 좋지 웅! 어머니-.

어머니　옳지, 나무가 우거지게 해야지. 그리고 꽃밭도 만들어서 꽃들이 많이 피어 있게 해 놓자.

길 동　참 어머니, 냇물을 건너는 다리(橋)도 있어야 하지 않우-.

어머니	참말로 인제 보니까 다리가 없구나. 다리는 둘만 놓는 게 어떠냐?
길 동	둘!? 괜찮아. 그럼 다리는 내가 그릴게!
어머니	그래, 이 온천 있는 마을에다가 둘만 그려라. 그리고 저- 아래 풀밭에다 어린이의 마을을 만들자. 어린이들이 노는 동네를 그리게 해.
길 동	응 그런데 밭도 있고 논도 있어야 하지 않우?
어머니	그야 물론 있어야지. 어린이들이 먹을 쌀과 배추가 없어서야 될 일이냐!
길 동	그리고 어린이들이 좋아하는 과일밭(果樹園)도 있는 것이 좋지 않우?
어머니	암 있어야 하고 말고. 그러면 그 밭과 논은 이쪽 구석에다 만들고 과일밭은 저쪽에다 만들어 놓자. 옳지 또 소나 양을 치는 목장도 만들어도 좋을 것 같으니 목장(牧場) 만들어 놓자. 그- 목장에는 풀이 많을 테니까 네가 풀을 좀 그려라. 풀을 그릴 때에는 짧게 그려야 하는데 붓끝을 살짝 살짝 들어서 그려야 된다. 그보다 먼저 장터(市場)와 마을을 서너 군데 더 만드는 것이 어떠냐? 자 이렇게 하면 되지 않겠니?
길 동	참말로. 그런데 마을이 퍽 길어 보이는데!
어머니	오냐 좀 길어 보이지만 괜찮다. 얘 우리 바다도 만들어 놀련?!

길 동	응 바다도 만들고 커-다란 군함도 만들어야지. 또 쪼그만 배도 만들고….
어머니	그래야지. 어린이들이 배를 타고 머-ㄴ 나라에도 갈 수가 있고 또 바다 구경(求景)도 할 수 있지.
길 동	그럼 커-다란 배를 많이 만들어 놔 어머니.
하 녀	(登場) 마님, 도련님 약 가져 왔어요. 물약하고 가루약인데 물약은 밥 먹고 두 시간(時間) 만에 먹고 가루약은 밥 먹기 전(前) 삼십분(三十分)에 먹게 하라고 그러세요.
어머니	응 그 전 약 먹는 시간과 같구먼!
하 녀	의사 선생님이 그러시겠죠. 뭐- 이 약만 먹으면 다- 낫는다고요.
어머니	아이 고마우셔라. 얘 길동(吉童)아, 이 약만 먹으면 다- 낫는다고 그러신단다. 그러니 싫단 말 말고 먹어라.
길 동	응 잘 먹을게.
하 녀	글쎄 마님. 병원(病院)에 웬 사람이 그렇게 많은지 한참 동안이나 기다렸어요.
어머니	요새 시골이나 경성이나 감기가 심하다는데 그 감기는 여간해서 낫기가 어렵다고 뒷집 복남(福男)이 어머니가 와서 그러며, 복남(福男)이 동생도 감기가 들었다고 하던데 그래.
하 녀	남이 무어니 무어니 해도 우리 집 도련님이 어서 나아서 뛰어다녀야 마음이 시원할 텐데! 여러 날을 저렇게 누워 있으니까

	보는 사람도 어찌 마음이 안 되었는지 모르겠어요.
어머니	암. 그렇고 말고. 얼른 좀 나아야 할 텐데! 차차 나아 간다고 의사 선생님이 말씀하시고 또 이 약만 먹으면 낫는다고 하셨으니까 뭐- 곧 나을 테지. 그런데 길동아 어떠냐? 그 전보다 네 생각에 난 것 같지?
하 녀	뭐- 도련님이 압니까? (길동 머리를 만져 보며) 아이고 어제는 펄 펄 끓던 머리가 오늘은 아주 식었습니다. 이렇게 나 간다면 곧 낫겠어요.
어머니	암, 우리 길동이가 얼른 나야지.
하 녀	또 나가서 저녁밥을 안쳐야지. 그런데 마님, 도련님도 저만큼 나으니 고기나 사다 잘게 다져서 구워 주어 보죠! (나간다)
어머니	아이고 고기는 염려가 되니 그것은 그만두고 두부찌게나 좀 하게. (밖에서 하녀) 네! (사이) 길동아, 인제 아까 만들다 만 어린이 세계를 다시 이어 만들자!
길 동	어머니, 거리에는 전차(電車)도 있어야 하지 않우-.
어머니	그럼 전차도 있어야 하지. 옳지 버스도 있고. 그래야지 먼- 데서 학교에 다니는 어린이들이 편리(便利)하지 않겠니?
길 동	학교는 어디다가 짓게 하는 것이 좋을까?
어머니	자 시장터 근처에다 짓게 하는데, 중학교도 있고 또 여학교도, 유치원도 있게 하자. 옳지 소년회관도 있어야지!

길 동	학교 운동장은 넓은 들(野原)에 이어 있는 게 좋지. 놀기 좋게 응 어머니!
어머니	그래 애. 거리에는 은행도 있고 회사도 있고 상점 같은 것이 있어야지. 그리고 병원(病院)도 있고 연극장도 있고 일하는 공장(工場)도 있어야지. 그렇지, 길동아. 참 음악회 같은 것을 하는 회관도 있어야지. 또 그림을 진열해 놓는 미술관도 있고 산보 가는 공원도 있어야 하지 않겠니?
길 동	참말로 이 세계의 어린이들은 좋겠네!? 나도 그런 곳에서 놀고 공부하고 싶어 어머니!
어머니	이제 병도 다- 낫고 몸이 튼튼하여진 다음에야 그런 곳에서 놀아야 해.
길 동	싫어. 어머니는 나를 그림 속의 어린이같이 여기는 걸 뭐-!
어머니	애 길동아, 내 말 좀 들어 봐라. 네 몸이 다- 낫지도 않은 약한 몸으로 뛰며 놀아 봐라. 네 몸이 어떻게 되나. 그것을 생각해 봐야지.
길 동	(한참 있다) 응 다- 낫거던 놀 테야.
하 녀	(밖에서) 마님, 진지 다- 되었는데 가져갈까요?
어머니	응 어서 가져오게!

- 일장(一場) 종(終)

이장(二場)

(效果) 快活한 音樂 소리

해 설 길동(吉童)이는 오랫동안 앓던 병(病)이 이제는 다- 나아서 학
교에 잘 다니고 있습니다.

어머니 벌써 3시 반(三時半)이나 되었네. 길동이가 올 시간이 되었는데
어째 여지껏 안 올까.

하 녀 아이 마님두. 오랫동안 놀지 못하던 동무들과 서로 뛰며 노는
게죠. 뭐- 걱정을 하세요. 앓고 난 뒤에 그렇게 뛰며 운동하는
것도 좋답니다.

어머니 그렇지만 나는 염려가 되는 걸 어찌 하나.

하 녀 그야 그러시겠죠.

길 동 (밖에서) 어머니!

어머니 오- 길동이 인제 오니?

길 동 응 놀다 오느라고 늦게 왔어.

하 녀 아이 도련님, 이제 오세요.

어머니	그래 뛰며 노니깐 어떠냐. 놀 만 하냐?
길 동	아이 어머니도. 인제는 다- 낫는데 뭘 그러우.
어머니	참 신통해라, 하 하 하 하.
하 녀	오늘 저녁은 고깃국 좀 끓여 주죠 마님.
어머니	아무려나, 하 하 하 하.
하 녀	하 하 하 하. (一 同 웃는다)

- 급 하막(急下幕)

레코-드 소리

- 「어린이 세계」 전일막(全一幕) 이장(二場) 종(終)

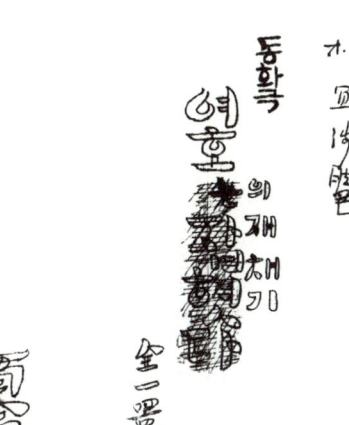

동화극 **여우의 재채기**

전 1경

박의섭 각색

백합어린이회

1938.8.2. 제11회 방송 대본

나올사람

큰 토끼(옵바토끼)

작은토끼(동생토끼)

여우

벌

그 외(其外) 벌들

곳_ 깊은 산중(山中)

옛날에 어떤 깊은 산속에 마음이 아주 나쁜 여우가 있었습니다.
어떤 날 작은 토끼 남매(男妹)가 어머님 병환(病患) 때문에 산속
으로 인삼(人蔘)을 얻으러 갔습니다. 이 작은 토끼 남매가 무서
운 여우가 있는 산속으로 들어가는 것으로부터 연극(演劇)이 시
작(始作)됩니다.

옛날에 어느 산속에 자기보다 약(弱)한 동물을 가만히 안 두는
마음이 아주 나쁜 여우가 살았습니다. 어느날 이 산속 작은 토
끼 남매가 어머니 병환으로 인삼을 구(求)하러 이- 산(山) 속에
왔다가 우연(遇然)히 날개를 부러뜨리어서 애를 쓰는 벌을 구
(求)해 주어 보냈습니다. 그러자 그 토끼에게는 위험(危險)이 닥
쳐 왔습니다. 그것은 그 마음이 나쁜 여우가 눈 먼 하얀 양으로
변(變)해가지고 와서 그 어린 토끼를 잡아가는 것입니다. 그때
에 벌이 여러 동무들을 먼저 데리고 와서 그 여우를 잡습니다.
그러자 여러 약한 동물이 무서워 못 다니던 그 산속을 마음 놓
고 잘 다니었다는 이야기입니다.

토끼 합창(合唱, 幕內에서)

　　- 윤극영(尹克榮) 곡(曲)인 옥토끼와 동일(同一)

옛날에 옛날에 깊은 산속에

여우가 한 마리 살았는데요

어찌나 마음이 나쁜지 몰라

산속에 동물한테 미움 받아요.

하루는 토끼 남매 산속에 갔다

마음 나쁜 여우를 만났는데요

어린 토끼 한 마리 잡아가지고

저희 집에 데리고 가려 합니다.

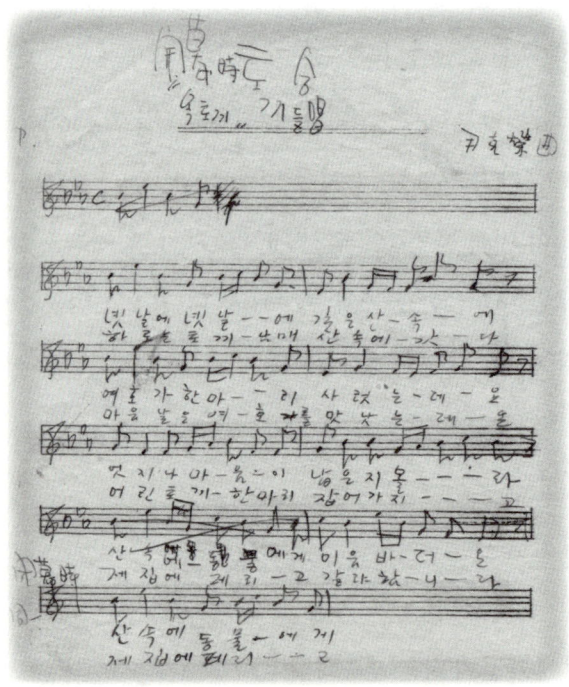

벌	(그곳에 있는 바위에 기대고 있다, 슬픈 빛으로) 큰일났는 걸! 무엇보다도 귀(貴)하게 여기는 날개가 부러졌으니 집에도 갈 수 없고…. 이를 어쩌면 좋단 말인가!
동 생	(男妹 토끼 나오다가 놀래며) 아이 오빠, 벌이 있어!
오 빠	무섭지 않아. 우리가 잘못하지 않으면 쏘지를 않는단다. (벌 앞에 가서) 여보세요. 벌님!! 얼굴 빛이 파라니 무슨 근심 되시는 일이 있습니까?
벌	아 토끼님이십니까? 정말은 아까 저쪽에서 오다가 거미줄에 걸려서 나에게 제일(第一) 중(重)한 날개를 부러뜨려서 그런답니다.
오 빠	그것은 참으로 안되었습니다. (동생에게) 얘 너 바늘 갖지 않았니? 가졌거든 벌님 날개 좀 꿰매어 드려라 웅!
동 생	오빠, 나 무서워!
오 빠	그런 말은 그만두고 꿰매 드려. 다른 사람이 괴로워할 때 그 사람을 도와 주는 것이 참다운 인정(人情)이란다.
동 생	바늘은 있는데 실이 없다우. 옳지 옳지. 저- 털을 뽑아서 실 대신으로 쓸까 오빠?
오 빠	그래 그것도 좋다.
동 생	벌님, 인제 다- 되었습니다.
벌	참으로 고맙습니다. 인제는 그 전과 같이 나아졌습니다. (고마

운 듯이 두 토끼를 붙잡는다) 토끼님의 덕으로 살았습니다.

오 빠　뭐- 별 말씀을 하십니다. 오히려 빨리 나서 괜찮습니다. 어디 날
개를 넓게 펴 보십시오. (별 펴 본다) 아! 이제는 염려 없습니다.

별　이 은혜는 언제까지라도 잊어 버리지 않겠습니다. 저- 그런데 토
끼님 인제 어디로 가시는 길입니까?

오 빠　실상은 우리 어머니께서 병환으로 누워 계신데 인삼(人蔘)을
잡숴 보시겠다고 하셔서 우리 둘이 인삼을 구(求)하러 나선 길
입니다.

별　그렇습니까. 그러면 조심을 해야 됩니다. 이 산 저- 속에는 아주
마음이 나쁜 여우가 있으니까요. (무엇을 생각한 듯이) 옳지, 만약
에 당신들에 큰일이 닥치면 나를 불러 주세요. 내가 와서 도와
드릴 테니까요.

오 빠　그렇지만 별님을 부르려면 어떻게 불러야 좋겠습니까?

별　네- 그것은 아주 쉽지요. 하 하 하. 저- 아주 쉽습니다. 그저 "엣
취" 하고 재채기를 크게만 하면 그만입니다. 그저 크게만 한다
면 멀리 있다가라도 곧 날아와서 구(求)해 드릴 수가 있으니까
요. 그러면 나는 가겠습니다. 조심해 다녀 가시오. (右手 退場)

오 빠　네 안녕히 가세요. (사이) 애, 이 산속에 마음이 나쁜 여우가 있는
듯하니 큰일이 아니냐. 그러니까 너는 내가 올 때까지 여기서
기다리고 있거라. 옳지 이 바위 위에 올라가서 있어! 그러면 아

무 염려 없을 것이니까. (동생 토끼를 바위 위에다 올려 놓는다) 그 여우는 아주 능청스러우니까 무엇으로 변해가지고 올는지 모르니 정신 차려야 한다. 누가 와서 무어라고 묻더라도 암 말도 하지 말고 이 바위 위에서 내려오지를 말어. 만약에 내려온다면 큰일이 난다. 알았니! 정신 차려! 내 얼른 갔다 올게!

동　생　응 잘 알았어! 오빠가 올 때까지는 누가 와서 무어라고 물어도 암말 말고 안 내려 올 테니까 염려 말고 얼른 갔다 오우.

오　빠　그러면 다녀올게! (左手로 退場)

동　생　얼른 와! (사이)

(效果) 레코-드 音樂- 間奏

동　생　아이 얼른 오지 뭘 하느라고 입때 안 오나.

동생 토끼 독창 - "호들기"

- 최영주(崔泳柱) 요 l 정순철(鄭順哲) 곡

누구가 부는지 꺾지를 말어요

마디가 구슬픈 호들기오니

호들기 소리를 들으면은요

지나간 생각에 눈물 고여요

눈물이 고이면 고일 적마다

내 엄마 생각에 더 섧습니다.

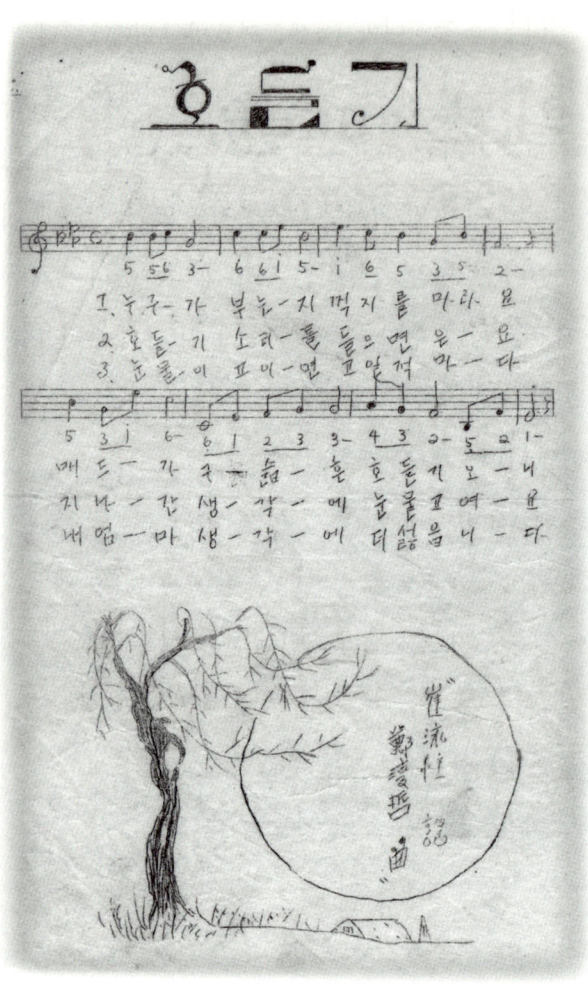

여 　우　　　(양으로 變하여 나오며, 멀리서) 매——.

해 　설　　　이때 눈 먼 양이 지팡이를 짚고 나옵니다. 이 눈 먼 양은 실상은 마음 나쁜 여우의 장난입니다.

여　우　아 갑갑한 걸. 참으로 앞을 못 보는 사람은 큰 걱정이란 말이거
든! 어디가 길인지 조금도 모르겠는데 그래. 어디 이쪽으로 가
볼까? 뭐 눈이 안 보이는데다가 나이를 먹어서 기운이 없으니
까 더 갑갑하여 못 견디겠는 걸. 아 허리야. 그럼 또 이리로 가
봐야지. 쉬면 뭘 하나. 아이 다리야.

동　생　여보세요, 여보세요. 눈먼 양님! 그쪽으로 가면 안 됩니다. 그쪽
은 낭떠러지예요.

여　우　네! 네! 누구신지는 모르나 참으로 고맙습니다. 그럼 이쪽으로
가 볼까!

동　생　아, 그리 가도 낭떠러지예요!

여　우　네! 네! 고맙습니다. 그러면 바른 길로 가 볼까! (사이) 앗 아야!
대단히 아픈 걸. 웬- 바위가 있어. 이거 큰일났는 걸. 그럼 어디
로 가면 좋단 말인가. 그거 당초 앞을 못 보니까 안 되겠는데.
아 아프다.

해　설　동생 토끼는 눈먼 양이 하도 딱해서 바위 위에서 내렸습니다.

동　생　여보세요. 양님! 내가 내려가서 손을 붙들어 드릴게요.

여　우　아- 참으로 고맙습니다.

해　설　동생 토끼가 양의 손을 잡으려고 하니까 그 여우는 가졌던 지팡
이를 얼른 버리며 동생 토끼를 힘 있게 잡았습니다.

동 생	아니 이이가 왜 이래!?
여 우	인제는 잡았단 말이거든, 하 하 하 하. 그러면 이 탈을 벗을까! 아- 힘드는 걸!
동 생	(깜짝 놀래며) 아이구머니나!
여 우	그렇게 소리를 지르면 소용이 있나? 자- 그러지 말고 이리 와.
동 생	아이 무서워. 누가 왔으면 좋겠네!
여 호	무서웁기는 무엇이 무서워! 괜찮어!
동 생	아이. (사이) 오빠! 오빠! 큰일났는 걸! (크게) 오빠! 오빠!
오 빠	(멀리서) 뭐! (左手로 急히 登場) 아니 이게 웬일이냐. 그렇게 내가 이르고 갔더니 이게 웬일이냐. (사이, 여우 앞으로 가서) 여우님! 여우님! 원합니다. 제발 제 동생을 놓아 주세요. 원합니다. 네! 여우님!!
여 우	아니 이건 장난인 줄 아나. 왜 그런 거야 응! 이것도 내가 갖은 애를 다 써 가며 붙잡은 것을 놓아 달라고! 흥! 그러면 누가 놓아 줄 줄 알고 그러는 거야? 자- 어서 우리 집으로 가자!
오 빠	여우님 제발 빕니다. 이번만 용서하셔서 놓아 주세요. 그 은혜는 결코 안 잊어 버릴 것이니까요. 네! 여우님! 원합니다. 내 동생을 놓아 주세요.
여 우	왜 잔말을 자꾸만 하는 거야 응! 안 돼. 내가 한 번 붙잡았으면 그만이니까. 그것은 잘 알 텐데 왜 그러는 거야 응! 자! 우리 집

으로 가자. 우리 집에 가서 맛있는 음식을 많이 먹여서 살이 잔
뜩 찌고 커-다랗거든 내가 잡어 먹는다는 말이거든. 하 하 하 하!

오 빠 (혼잣말로) 큰일 났는 걸! 누가 와서 구(求)해 주었으면…. (이제서
생각난 듯이) 옳지, 이럴 적에 재채기를 한 번 하면 벌님이 와서
도와 줄 것이다. (퍽 작게) 엣취, 엣취, 엣취. 에이 속상해. 이렇게
소리가 작아서는 어디 되겠나! 옳지 (무엇을 생각한 듯이) 좋은 수
가 있다. 여우님! 여우님 ! 잠깐만 참아 주세요.

여 호 아니 왜 그래 응? 가는 사람을 왜 부르는 거야 응. 무슨 일이 있
어서 그래! 응!

오 빠 네 저- 여우님한테 한 말 원할 게 있는데요. 저- 다른 게 아니라
제 동생을 데리고 가도 좋지만 내 동생 앞에서는 결코 재채기를
하지 말아 주세요.

여 우 무어라고? 하 하 하 하. 재채기를 하지 말라고? 아니 그것은 왜!

오 빠 네, 이 애는 어렸을 때부터 이상스런 버릇이 있답니다. 다른 사
람이 재채기 하면 배가 아프다고 야단을 한답니다. 그러기 때문
에 저의 집에서나 또 아는 사람들은 모두 이 애 앞에서는 재채
기를 안 한답니다. 그러니까 여우님도 이 애 앞에서는 재채기를
하지 말아주세요. 다만 그것을 원할 뿐입니다.

여 우 무어!? 다른 사람이 재채기를 하면 배가 아프다고? 하 하 하 하.
그것은 참으로 이상한데. 이제 그럼 내가 한번 시험을 해 볼까!

오　빠	여우님, 제발 그만두세요.
여　우	아냐. 하도 이상하니 내가 한 번 해 봐야 해! 가만- 있거라. 지리가미(休紙)를 꺼내가지고 가느다랗게 꽈야지. (사이) 옳지, 인제는 됐어. (크게) 엣춰!
동　생	아야 아야. 아유 배야, 아유 배야, 아유 배야!
여　우	하 하 하 하. 이것은 참으로 이상한데! 어디- 또 한 번 해 볼까!? 엣춰!
동　생	아유 배야, 아유 배야. 아유!
오　빠	여우님 그만두세요. 배가 저렇게 아픈데 어떻게 합니까. 그만두세요 네!
여　우	아냐. 하도 이상하고 재미있으니까 이번에는 좀 크게 한 번 해 볼까. (크게) 엣춰 !!
동　생	아야. 아이 배야, 아이 배야!
여　우	하 하 하 하. 참으로 재미있는데. 하 하 하 하.
해　설	이때에 재채기 소리에 벌떼가 잔뜩 몰려 왔습니다. 여우는 깜짝 놀라서 도망을 가려고 하지만 워낙 벌이 많이 왔기 때문에 꼼짝 못하고 있습니다.
여　우	아니, 이를 어쩌면 좋단 말인가. 이거 큰일났는데!
벌	꼼짝 말고 거기 가만히 있어. 만약에 움직인다면 가만히 안 둘 테니까 그런 줄 알어! 아니 토끼 군(君) 어째서 이런 경우를 당했

나!

오　빠　벌님 그 이야기는 있다 천천히 해 드릴게. 얼른 저 동생 좀 구(求)해 주세요. 벌님 참 잘 오셨습니다.

벌　홍 나쁜 놈 같으니. 인제 그- 나쁜 마음을 쓰지 못하게 혼을 내 줄 테야! 토끼 군(君) 염려 말게! 자 모두들 이리 와서 저놈을 둘러 잡거라.

벌갑(甲)　이놈의 여우 어디 경 좀 쳐 봐라!

벌을(乙)　어디 생각 좀 잘 해 봐-. 혼날 걸!

벌병(丙)　그저- 이것을!

해　설　벌들은 그 뾰족한 창으로 마음 나쁜 여우에게 달려드니 여우는 머리를 숙이며 넘어져 가며 도망을 가는데 벌들은 연신 여우를 따라 쫓아갑니다.

벌　(한숨을 쉬며) 아 토끼 군(君), 참으로 위험했었는데! 그놈의 여우는 마음 고약해서 저보다 작고 또한 약한 사람에게는 막 달려 들어 가만 안 두거던. 아주 마음이 나쁘단 말야!

오　빠　벌님, 참으로 고맙습니다. 벌님의 덕으로 제 동생을 살렸습니다.

벌　무어… 아까 나를 구(求)해 준 감사의 뜻인데 뭘…. 그런데 토끼 군, 자네 재채기는 소리가 굉장하게 큰데 그래. 나는 밥을 먹고 있었는데 깜작 놀래어 숟가락을 떨어뜨렸단 말이야. 하 하 하 하.

동 생　　벌님 나를 살려 주어서 고맙습니다.

벌　　무얼, 나도 은혜를 갚아서 이렇게 즐거운 일은 없습니다.

오 빠　　그 재채기는 내가 한 꾀를 내어 그 여우에게 시켰더니 여우가

하느라고 그렇게 소리가 컸답니다. 하 하 하 하.

벌　　하…! 어쩐지 퍽 컸어- 하! 자 우리 이 다음이라도 서로 서로 사이

좋게 도와 가며 지냅시다.!

토끼남매　　네-! (벌과 토끼는 서로 손목을 잡는다)

합창대(合唱隊) - 막(幕) 내리자 합창(合唱)

작은이 동물 중에 제일이라고

뽐내고 다니던 나쁜 여우는

쪼그만 벌떼에 쫓기어 다녀

인제는 할 수 없이 지고 말았네

여우가 무서워 다니지 못한

작은이 동물도 맘놓고 다녀

쪼그만 벌들이 힘만 합하면

그까짓 여우야 어림없어요

- 종(終)

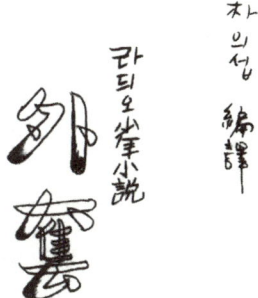

라디오 소년소설 **외투**

박의섭 편역

1939.1.9 방송 대본

인물(人物)

해설

원길_ 형

선길_ 동생

김선생_ 선길의 선생님

할머니_ 원길, 선길의 할머니

용만_ 원길의 친구

해 설   가을도 다 지나가고 바람이 몹시 불어오는 추운 겨울날입니다.

선길(仙吉)이의 형(兄)인 원길(原吉)이는 오늘도 역시 본공장(本工場)에서 일을 마치고 돌아오는 도중(途中)에 선길이를 맡아 가르쳐 주시는 김선생(金先生)님을 만났습니다.

김선생님은 십년(拾年) 전(前)에 원길이가 보통학교(普通學校)에 다닐 적부터 원길이를 가르쳐 주신 선생님이시고 따라서 십년(拾年) 후(後)인 지금에도 자기 동생인 선길이도 맡아 가르쳐 주시는 친절한 선생님이십니다.

원(原)   앗 선생님. 지금 댁(宅)으로 가시는 길입니까?

김(金)   그런데 저, 자네에게 말하기는 좀 언짢으나….

원   네 무슨 말씀인지- 괜찮습니다.

김   응 다른 게 아니라 자네도 잘 아다시피 자네 동생 선길이 성적문제(成績問題)인데…. 이번 이학기성적(二學期成績)이 아주 좋지 못하단 말야. 그러니 자네가 좀 주의(注意)해서 예습(豫習)과 복습(複習)을 잘 시키는 게 어떤가? 더군다나 이학기 성적은 아주 나빴으니까 응!

원   네 참으로 미안(未安)합니다. 늘 제가 주의를 시키지만 워낙 그 애가 장난을 좋아하니까 그렇습니다. 저도 아침 일찍이 일을 하러 가면 저녁 늦게야 집에 오니까 자연(自然) 틈이 없어 그렇습니다.

김	물론(勿論) 자네가 바쁜 줄은 나도 잘 아네. 그래도 아무쪼록 힘을 써서 잘 가르쳐 주기를 바라네! 남한테 성적이 떨어지면 자네는 마음이 나쁘지ㅡ. 그러니 아무쪼록 힘을 써 주게!
원	네, 잘 알았습니다.
김	그럼 집에 얼른 가 보게!
원	네, 참으로 죄송스럽습니다. 안녕히 가십시오.
해 설	원길이는 김선생님께서 말하시는 게 자기(自己) 일인 듯이 얼굴을 붉히며 선생님이 가시는 곳을 물끄러미 바라보고 있었습니다. 그리고 원길이는 무슨 생각이나 한 듯이 이를 앙물고 이렇게 혼잣말을 했습니다.
원	참으로 선길이는 공부는 안 하고 놀기만 좋아하는 아이지! 그러나, 그러나, 내가 일을 덜ㅡ 하고라도 나는 내 동생을 공부(工夫) 시키기 위(爲)해서 내 스스로 가정교사(家庭教師) 노릇을 하자. 응 가정교사 노릇을 하자!
해 설	원길이는 이렇게 입에 외이며 발을 자주 떼어 집으로, 집으로 향하였습니다. 원길이는 집에 와서 저녁밥을 먹은 다음에 선길이를 책상 앞으로 불러 앉혔습니다.
원	선길아, 너 공부 좀 해라.
해 설	선길이는 암 말도 않고 고개만 끄덕이며 앉았습니다.
원	오늘부터는 내가 가정교사 노릇을 할 테다.

해 설	선길이는 형이 저를 위하여 가정교사 노릇을 한다는 말에 속웃음을 웃으며 형만 바라보고 있습니다.
원	선길아 너도 정신(精神)이 있니? 생각이 있거던 공부를 좀 열심(熱心)히 해라. 옛말에도 이런 말이 있지 않니!? "빛 안 나는 구슬도 닦으면 빛이 난다고…." 선길아 네가 해서 안 되는 일은 없을 것이니까. 아까 오다가 너희 담임 선생님을 만났는데 네가 성적이 아주 나쁘니까 주의를 시키라고 하시기에 나는 얼굴을 붉히었단다.
선	응, 공부할 테야.
원	선길아 공부를 좀 열심히 해라. 나도 같이 할게!
해 설	원길이는 그날부터 스스로 가정교사 노릇을 하였습니다. 그러나 공장에서 톱과 망치를 쓰듯이는 잘 안 되었습니다. 그리고 원길이가 학교에 다닐 적에는 지금처럼 "미돌"이니 "그람"이니 하는 것은 없었습니다. 그러나 동생을 위하여서는 얼만큼 힘을 썼습니다.
원	애, 이 자(字)를 무어라고 읽니?
선	아이 그것도 몰라? "데시미돌(dm)" 이라고 하는 것을….
원	응 그래. "데시미돌(dm)", "데시미돌"! 그럼 이 자(字)는 뭐라고 읽니?
선	아이 "미리미돌" 이라고 해! 참 언니두-. 모르면서 뭘- 그러우!

원	모르는 게 아니다. 책이 그 전에 내가 배우던 거와는 아주 딴판이로구나. 산술(算術)은 나도 웬만큼 하니까……. 그러나 내일(來日)부터는 아무 염려 없다.
해 설	선길이는 형의 말을 안 듣고 오히려 형을 애쓰게 하느라고 산술은 그만두고 이과책(理科冊)을 다시 펴 놓고 있습니다.
선	언니―. 가지의 꽃술은 몇 개나 있수?
원	무어라고!? 가지의 꽃술은 책에 있지 않으냐? 책을 읽어 보려무나.
선	그럼 언니! 거미 다리는 몇 개나 되우?
원	아마 여섯 개가 달렸지!?
선	거짓말야. 여덟이 달렸어! 여덟!
원	그렇던가! 나는 벌(蜂)로 잘못 알았구나.
선	언니! 오늘은 그만 해 졸려!
원	그럼 오늘은 그만 자거라. 그런데 숙제(宿題)는 다 했니?
선	숙제는 없어!
원	그럼 오늘은 잘 했으니 그만 자거라.
선	아이 졸려!
해 설	선길이는 좋아하며 책을 집어 치워 놓은 다음에 자리에 누웠습니다. 선길이가 잠이 든 다음에 원길이는 이과책이며, 산술책을 다시 꺼내서 읽고 쓰고 하며 공부를 했던 것입니다. "미돌"

에 "데시미돌(dm)" 그리고 "길로그람(kg)"에 "센치미돌(cm)" 이
렇게 외이며 쓰며 원길이는 낮에 일을 해서 피곤한 것도 잊어
버리고 아우를 위하여 다시 보통학교 사학년(四學年) 것을 공부
했던 것입니다. 이 밤도 새어 그 이튿날이 되어 원길이는 전(前)
과 같이 공장으로 갔습니다.

원　　보통학교 때 배운 것을 다– 잊어 버렸는데 그래도 다시 해 보니
　　　가 재미(磁味)나는 걸….

해 설　원길이는 이렇게 옆에서 같이 일을 하고 있는 친구 용만(容萬)
　　　이에게 말을 하였습니다.

용(容)　응!? 아니 자네 또 다시 보통학교에 입학(入學)했나?

해 설　이렇게 친구는 빈정대고 있었습니다. 그러나 원길이는 정말인
　　　듯이 정신을 들여 말을 했습니다.

원　　너무 그러지 말게. 그래도 가정교사라네!

용　　아니 그게 무슨 말인가? 목수가 가정교사 노릇을 하나? 그 사람
　　　참!

원　　그 사람 너무 빈정대는군 그래….

용　　그럼 그만두게….

해 설　원길이는 옆에 사람이 무어라고 하든지 듣지를 않고 동생을 위
　　　하여 일을 해 가며 한편으로 잠깐 동안이라도 틈만 있으면 공
　　　부를 했습니다.

원	개구리에는 머리와 커다란 가슴이, 그 가슴에는 발이 넷이 달렸다. 뒷다리는 앞다리보다 길고 뒷다리 발가락 사이에는 헤엄을 칠 수 있게 되어 있는 날개 같은 것이 있다.
용	그것은 옳은 일이 아닌가!
해 설	이렇게 옆에 있는 동무 용만(容萬)이는 놀려 주고 있습니다. 그러나 원길이는 도무지 듣지를 않았던 것입니다.
원	떠들지 말게 지금 이과(理科)를 하는 중일세!
용	여보게 원길이 자네 정신이 변(變)하지 않았나? 그런데 대체(大體) 누구의 가정교사인가?
원	내 동생 선길이일세!
용	하 하 하 하. 참 자네는 동생을 위하여 생각을 많-이 하고 있네 그려!
해 설	원길이는 옆에 친구가 빈정대는 것도 듣지 않고 이과책(理科冊)을 덮고 나서 이제는 산술책(算述冊)을 펴 보았습니다.
원	사흘 동안에 품값을 오원(五圓)을 받는 목수(木手)의 하루 품값은 얼마냐?
용	무어라고? 우리들의 품값이- 그렇게 싸!?
원	아닐세. 산술 문제를 생각하는 걸세-.
용	머!? 산술 문제라구? 아 자네 사흘에 오십원을 얻는 목수니 무어니 하더니 어째 그런가?

해 설	옆에 있는 친구는 연상 원길이를 빈정대고 있으나 원길이는 아우를 위하여 일터에서 공부를 했던 것입니다. 그날 일도 다 끝마치고 원길이는 빨리 집으로 향했습니다. 그리고 선길이를 책상 앞으로 불러 앉혔습니다.
원	자 선길아, 산술을 하자!
선	응 그런데 언니. 나 외투(外套) 사 줘.
해 설	선길이는 요새 학교 아이들이 외투를 입고 오는 것을 부러워했던 것입니다. 그래서 형에게 외투를 사 달라고 말했던 것입니다.
원	외투하고 산술하고는 문제가 틀린다.
선	그래도 언니!? 다른 아이들은 모두가 노란 금단추를 단 외투를 입고 있는데 뭐-.나도 사 줘 응?
해 설	선길이는 이렇게 형한테 졸랐습니다.
원	그럼 네가 이번 통신부(通信簿)에 전부(全部) 갑(甲)이면 외투를 사 주지.
선	아유 전부 어떻게 갑을 해. 저- 갑이 셋이면 된다구. 저- 체조(體操)하고, 수공(手工)하고 국어(國語)하고는 갑이 될 것 같으니까. 응, 갑이 셋이면 사 준다고, 응 언니!?
원	셋이면 안 된다. 다섯이면 사 주지.
선	그럼 정말 사 주지?
원	언제 언니(兄)가 거짓말 하던….

해 설	선길이는 통신부에 갑이 다섯이면 외투를 사 준다는 형의 말을 믿고서 공부를 열심히 하였으나 그 역시 며칠이 못 가서 그만 두고 말았습니다. 그래 형(兄) 원길이는 머리를 흔들며 혼자 중얼거렸습니다.
원	참 큰일이다. 선길이도 하며는 되는데, 제가 하기 싫어서 게으름을 피는 게지. 참으로 그 애는 나중에 무엇이 될는지 모르겠다. 아 참….
해 설	이렇게 혼자서 무한한 걱정을 했던 것입니다. 며칠이 지난 날이었습니다. 원길이는 전(前)과 같이 공장에서 일을 다 마치고서 좀 일찍이 집에 돌아왔습니다. 그래서 낮에 생각해 두었던 산술문제를 선길이에게 시키려고서 선길이를 책상 앞으로 불러 앉혔습니다.
원	애, 선길아. 나는 오늘 백오십원(百五拾圓)을 받고 일을 하나 맡았는데 그 돈 백오십원 중에서 춘식(春植)에게 사십원(四拾圓)을 줄 게 있고 그리고 공장 주인한테 오원(五圓)을 줄 게 있고 또 물건 값이 이십오원(二拾五圓)이 들고… 그러면 나한테는 하루에 불과 이원(二圓)밖에 갖지 못하게 되는구나. 어디 내가 계산(計算)을 잘못했는지 네가 다시 계산을 잘 해 보려무나.
해 설	선길이는 형이 계산한 것이 틀렸다는 듯이 얼른 잡기장(雜記帳)을 펴 놓더니만 계산을 해 보고 있습니다.

선　　언니가 한 것은 틀려! 이원(二圓) 아냐. 이거 봐 백오십에서 사십

　　　원을 빼고 또 이십오원을 빼고 또 주인한테 줄 것을 뺀 다음에

　　　한달이 삼십(三十日)이니까 하루에 얼마나 되는 것을 알려면 그

　　　빼고 남은 돈을 서른으로 제하면 이원오십전(二圓五拾錢)이 나

　　　오니까 하루 품값이 이원오십전(二圓五拾錢)이지 뭐·야. 아이 언

　　　니는 그것도 잘 모르면서 그래….

해　설　선길이는 그까짓 것 어림없다는 듯이 답(答)을 내놓고 형에게

　　　자랑을 하니까 형 원길이는 제 아우 선길이가 그렇게까지 열심

　　　히 문제를 풀어 내놓는 게 하도 좋아서 마음속 깊이 기쁨의 눈

　　　물을 흘렸습니다. 그리고 선길이 머리를 쓰다듬어 주었습니다.

원　　참 고맙다. 나는 그 일을 하루에 이원(二圓)꼴이라면 안 하려고

　　　했는데 이원오십전이나 된다니 그 일을 해야겠다. 그런데 너

　　　수 잘 따지는구나.

선　　그까짓 것 아무 것도 아닌데 뭐!

원　　그럼 선길아 이번에는 이것 좀 계산을 해 다우.

해　설　원길이는 이렇게 말을 하며 종이에다 적어 둔 것을 펴 놓았습니

　　　다.

원　　저 내일부터 일을 하는데 물건 값이다. 저 한 개에 이원오십전짜

　　　리 널빤지 반타와 한 개에 이십전짜리 송판 반타(半打)를 사고

　　　또 삼십이전짜리 널판지를 반타(半打)를 사면 모두 얼마나 되

느냐? 저 그리고 못이며, 이것 저것 사는데 사원(四圓)이 든다고
하면 모-두 합해서 얼마나 되나 계산 좀 해 보아라.

해 설 선길이는 역시 잡기장에다 식(式)을 쓰며 계산을 하고 있습니
다. 한참 동안 이리 해 보고 저리 해 본 선길이는 형에게 말을
했습니다.

선 언니 십팔원 십이전이야.

해 설 선길이는 아주 잘 하는 듯이 큰소리로 말했습니다.

원 참 선길이 애썼다. 그럼 이제부터는 계산하는 것은 모두 선길
이에게 맡기겠다.

선 응 무엇이든지 할 테야.

해 설 원길이는 선길이가 계산을 척척 마쳐 내며 무엇이고 할 테야
하는 말에 기쁨의 웃음을 한바탕 웃었습니다. 그리고서 아랫목
에 누워 계신 할머니더러 이렇게 말을 했습니다.

원 할머니 어때요. 선길이도 인제는 아주 잘 하지요.

해 설 이 말에 역시 할머니께서도 기뻐하셨습니다.

할 글쎄 그녀석이 다른 때는 학교에서 오기만 하면 나가 놀더니
요새는 학교에서 와서는 그저 책상머리에 앉아서 공부만 하더
니 그래도 꽤 는 모양이로구나.

해 설 역시 할머니께서도 기뻐서 웃으시며 말씀을 하셨습니다. 선
길이는 인제 졸리다는 듯이 책을 주섬주섬 개치우고 자리에 가

누웠습니다. 자리에 가 누운 선길이는 잠을 자지 않고 이렇게 생각했습니다. "잘만 배워 두면 쓸 수 있는 산술을 열심히 하여 형님 일을 조력(助力)하여 주자. 아니 산술뿐만이 아니라 무슨 과목(科目)이고 열심히 하자. 그래서 형님을 기쁘게 하여 주자"는 마음이 선길이 머리에 떠올랐습니다. 그리고 깊이 깊이 깨달았습니다. 그래서 선길이는 나날이 공부를 열심히 하여서 학교에서 선생님이 물으시는 말씀에 대답을 다- 하고 집에서는 형의 일을 조력해 주었습니다. 이렇게 하여 선길이의 성적은 나날이 높아 갔던 것입니다. 며칠이 지난 날 역시 원길이는 공장에서 일을 다- 마치고 돌아오는 길에 김선생님을 만났습니다.

김   그런데 원길이! 참으로 나는 놀래었네! 선길이 성적이 그 전(前)보다는 아주 놀랄 만큼 올라갔단 말이야. 대체(大體) 어떤 법(法)으로 공부를 가르쳤나?

원   네 참으로 황송합니다. 정말은 아무리 생각을 해 보아도 안 될 것 같기에 낮에 공장에 가서 저의 일급문제(日給問題)를 근본(根本) 삼아서 다른 문제를 생각해 두고 와서 계산을 하게 했지요. 그랬더니만 풀어 보고 풀고 해서 척-척 계산을 마쳐 낸답니다. 그리고 다른 과목은 책을 보며 또는 참고서(參考書)를 보며 가르쳐 주곤 했지요. 그랬더니 낮에 제가 공장에 가고 없는 때 학교에서 와서는 혼자 열심히 공부를 한답니다.

해 설	원길이가 공부 가르친 법(法)을 이렇게 김선생님께 말씀을 하니 김선생님도 무한히 기뻐하셨습니다.
김	참으로 그것은 원길 군(源吉君)의 애쓴 덕(德)일세! 그리고 선길이도 형이 시키는 대로 잘 하였기 때문에 그랬지. 참으로 고마웁네! 뭐, 돌아오는 학기성적(學期成績)은 지난 일이학기(一二 學期) 때보다는 아주 많이 오를 것이니까.
원	별 말씀을 다 하십니다.
김	자! 그럼 나는 가겠네. 잘 있게.
원	선생님 안녕(安寧)히 가십시오.
해 설	원길이는 선생님과 작별(作別)을 하고서 집으로 왔습니다. 며칠 후였습니다. 원길이는 다른 때보다 공장에 일이 많아서 오늘은 늦게야 집에 오니 벌써 선길이는 공부를 다 하고 잠을 자고 있었습니다. 원길이가 늦게 저녁밥을 먹은 후에 할머니는 그때까지 주무시지 않고 원길이보고 말씀하셨습니다.
할	애 원길아. 네 양복(洋服)도 넣고 또 다른 옷이나 넣어 두게 아주 싼 것으로 양복(洋服)장 하나 사 놓으려무나.
원	이 다음에 사 놓게 하지요.
할	그럼 그것은 할 수 없다면 그릇을 넣어 두는 조그마한 찬장을 허름한 것으로 사 놓으렴!
원	그것도 이 다음에 사 놓기로 하지요.

해 설	원길이는 할머니가 말씀하시는 것도 듣지 않았습니다. 그것은 다만 선길이가 요새 사이로 공부하는 게 퍽 나아졌다는 선생님 말씀과 제가 보더라도 선길이는 요새는 나가 놀지 않고 열심히 공부하는 것을 보는 까닭에 기쁜 마음에 어떻게 해서라도 입고 싶어 하는 외투를 사 주려고 하는 까닭입니다.
할	그러냐. 그럼 요새 날이 퍽 추운데 네 아랫샤쓰가 없으니 그 거나 하나 사 입으려무나.
원	그것도 이 다음에 사 입을 테예요.
할	아니 얘 좀 보게. 무엇이고 다- 이 다음에 사!?
원	할머니! 저는 선길이에게 외투를 사 주지 않으면 안 됩니다. 그 전(前)부터 약속(約束)을 했으니까요. 선길이는 잊어 버렸는지 도 모르나, 그래도 이제는 선길이가 공부를 잘 하게 되었으니 까요. 선길이가 이제는 외투를 입고 싶은 마음이 없는지 모르나 그래도 거짓말을 하면 됩니까? 꼭 사주어야 하겠습니다.
할	응 그러냐. 그럼 외투를 사 주려무나.
해 설	할머니는 그제야 아셨다는 듯이 외투를 사 주라고 하셨습니다.
원	갑(甲)이 다섯이면 사 준다고 했는데 갑이 다섯이 넘을 것 같 습니다.
해 설	할머니와 원길이는 선길이가 요새 공부를 열심히 하는 게 너무 도 신통해서 웃었습니다. 할머니와 원길이가 웃고 있는데 자는

줄만 알았던 선길이는 자지를 않고 할머니와 형이 한 말을 다 듣고 있었습니다. 그리고서 이렇게 생각했습니다. '형님의 따뜻한 정(情)과 따뜻한 마음에 안겨 있으면 북(北)쪽 찬 바람도 추울 것이 없다. 나는 외투가 소용(所用)없다.' 이렇게 생각하고는 자리에서 벌떡 일어났습니다.

선   언니! 인제는 나 외투 일 없수.

해 설   할머니와 원길이는 깜작 놀래었습니다.

원   아니 너 여태 안 자고 있었구나?

선   언니!! 요새 날이 퍽 추우니 속샤쓰를 사 입고 그리고 찬장을 사면 할머니가 편(便)하실 것이니까요.

해 설   선길이는 이 말을 하고는 다시 이불 속으로 들어가 잠이 들어 버렸습니다.

이 밤도 어느덧 다 지나가고 그 이튿날 밤이었습니다. 원길이는 오늘도 역시 공장에서 늦게 일을 마치고 돌아오다가 선길이가 입을 만한 외투를 하나 사다가 잠을 자고 있는 선길이 머리맡에 놓아 두었습니다.

그 이튿날 아침이 되어서 선길이가 일어나 보니 제가 입고 싶어 하던 외투를 보고서 형의 뜨거운 사랑에 빛나는 외투를 입고 기쁜 마음에 눈물을 머금고서 학교로 달려갔습니다.

- "끝"

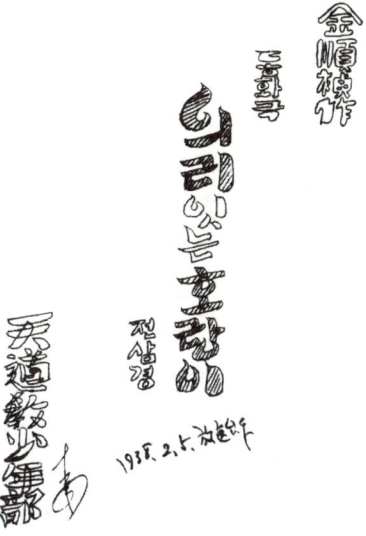

동화극 의리 있는 호랑이

전3경

김순정 작

천도교소년부

1938.2.5. 방송 대본

인물(人物)

호랑이 ㄴ 종학(鐘學)

엄마 토끼 ㄴ 옥정(晶玉)

애기 토기 一, 二 _ 호영(鎬榮), 화자(花子)

독수리 ㄴ 순정(順禎)

서곡(序曲)

一.　옛날에 옛날에 깊은 산속에
　　나 많은 호랑님 살았는데요
　　어찌나 마음이 좋은지 몰라
　　온 숲속 짐승이 좋아한대요.

二.　어느날 하루는 토끼 엄마가
　　애기 토낄 맡기고 먹을 것 얻으러
　　멀-리 멀-리 가 버렸는데요
　　호랑님 졸려서 잠을 잤어요

종곡(終曲)

一.　잠자는 동안에 독수리가 와
　　아기 토낄 데리고 가 버렸는데
　　나중에 잠이 깬 호랑님은요
　　깜짝 놀라 이리저리 찾아다녔죠.

二.　한참 동안 찾아서 만났는데요
　　아무리 달래도 안 내 주기에
　　할 수 없이 호랑님 다리살 주고
　　의리(義理)란 무섭다 앓고 있어요.

옛날 옛날에 아주 오랜 옛날입니다. 어느 깊은 산속에 늙은 호랑님이 살았는데 어떻게 마음이 좋은지 그 근처 작은 짐승이 자주 찾아와서 같이 재미있게 놀고 합니다. 그런데 어느날입니다. 엄마토끼가 아기토끼 둘을 데리고 와서 저는 먹을 게 없어서 먹을 것을 얻으러 가니 오늘 하루만 아기토끼들을 보아 달라고 하여, 호랑님은 그러라고 대답(對答)했습니다. 그런데 그 호랑님이 그 아기토끼를 잘 보아 주는지 잘못 보아 주는지, 또 무슨 일이 생기나 여러분들은 잘 들어 보세요.

제일경(第一景)

곳   호랑이 집

때   아주 옛날

호랑이   (하품을 하며) 아 참 쓸쓸도 하다. 설날이 지난 지도 엊그젠데 왜 이리 쓸쓸할까? 뭐- 날이 추우니까 놀러오는 동무들도 없으니까 더 심심하고 쓸쓸한데. 아 심심해라!

엄마토끼   (문소리 내며) 호랑 아저씨! 호랑 아저씨!

호랑이	아- 토끼인가? 어서 들어오게! (아기토끼와 같이 登場)
엄마토끼	호랑 아저씨 안녕하세요?
호랑이	오- 내야 늘 잘 있지. 아 너희들도 왔구나?
애기토끼一, 二	호랑 할아버지 안녕하세요?
호랑이	오- 잘들 있었니? 그런데 요새는 어떻게나 지내나? 먹을 것이 없지나 않은가?
엄마토끼	그저- 겨우 굶지 않으며 살아가지요. 뭐- 형편이라고 말할 것 없지요. 진작 아저씨를 한번 찾아와 뵈었을 것을 그저 먹고 살려고 정신없이 나다니며, 그리고 어린 것들 때문에 진작 못 찾아와 뵈었습니다.
호랑이	뭐- 그럴 테지. 그런데 어떻게 이렇게 세 모녀(母女)가 같이 왔나?
엄마토끼	네 저- 달리 온 것이 아니라 아저씨께 청할 말씀이 있어서 이렇게 어린 것을 할 수 없이 데리고 왔답니다.
호랑이	아니 청할 말이라니? 무슨 말인가?
엄마토끼	네 - 다른 게 아니라 이 어린 것들을 아저씨께서 오늘 하루만 데리고 보아 주셨으면 하는 말씀입니다.
호랑이	아- 그거야 쉽지! 아니 그런데 무슨 큰일이 생겼나?
엄마토끼	네 달리 그런 게 아니라, 제가 어디든지 가서 먹을 것을 좀 얻어 가지고 오려고 하는데 어린 것들을 데리고 가서는 힘이 들어 도

저히 먹을 것을 못 벌어가지고 오고, 또 두고 가자니 다른 짐승들이 물어 갈까 봐 무서워서 마음이 어디 놓여야지요. 그래 아저씨께 제발 오늘만 이 어린 것들을 보아 주셨으면 하는 말씀입니다.

호랑이   아 나는 또 무슨 큰일이나 생겼다고! 그거야 어렵지 아니하니 내 보아 주지! 그럼 어서 가서 먹을 것을 많-이 해 가지고 오게!

엄마토끼   참으로 아저씨 감사합니다. 그럼 다녀오겠습니다. 그럼 애들아! 아저씨 곁에서 놀고 있거라. 어디 가지 말고 응. 내 얼른 다녀올게!

애기토끼一   엄마 얼른 다녀오우.

애기토끼二   먹을 것 많-이 해 가지고 와 응?

엄마토끼   그래 내 다녀올게-. 잘들 있거라! 그럼 아저씨 다녀오겠습니다.

호랑이   응 조심해 다녀오게!

엄마토끼   네! (나간다)

(사이) 레코-드 음악(音樂)

호랑이   애들아, 너의 엄마가 인제 가 버렸구나. 섭섭하지! 그러나 뭐-곧 올 걸. 울지 말고 나하고 놀자! 응?

—   그런데 호랑 할아버지. 저- 재미있는 이야기나 하나 해 주세요 네!

호랑이   아니 이야기가 뭐냐? 하 그것들 참!

二	어서 하나 해 주세요? 네-.
호랑이	가만히 있거라 내가 좀 졸린데- 한잠 자고 해 주마. 좀 기다리려무나 응. 참 이쁘지!
一	그럼 있다 꼭 해 주시죠?
호랑이	암! 꼭 해 주고 말고! 글쎄 어저께 사자님을 만났는데 뭐- 제 생일이라고 저희 집에 가자고 해서 밤 늦게까지 먹고 놀았더니 퍽 곤하구나! 아 졸려. 잠을 못 잤더니 아주 정신이 흐리고 기분이 아주 나쁜데! 그래도 무어니 무어니 해도 잠 잘 자는 게 제일(第一)이로구나. 아 졸린 걸-.
二	그럼 어서 잠깐만 주무시고 일어나셔서 이야기나 해 주세요?
호랑이	오- 그럼 너희들 어디 가지 말고 여기서 놀거라. 공연히 날도 추운데 나갔다가 다른 무서운 짐승에게 붙잡히면 큰일나니까 응, 알았니?
一, 二	네!
호랑이	그럼 어디 잠간 동안만 자 볼까? 아 졸립다. (누워 잔다, 사이)
一	우리 나가 놀까?
二	싫다. 무서운 아저씨들이 잡아가면 어떻게 하게!
一	뭐 그래도 기운 센 호랑 할아버지가 계신데 뭐-ㄹ.
二	그래도 난 싫다!

(이때 독수리 살그머니 登場)

一, 二	아유, 엄마!
독수리	(얕은 소리로) 요놈들. 아-무 말 하지 말어! 만약에 소리를 지르면 목숨을 그냥 두지 않을 테니까. 자 어서 나하고 가자! 그저- 요것들을 데리고 가서 맛있게 먹는단 말이지! 아 고것들 참 맛있게도 생겼다. 자- 어서 가자. 얼른 가! 아니 왜 입을 벙긋벙긋 해-. 어서 가! (독수리 토끼들을 데리고 나가며) 아- 고놈들 살이 포동포동 찐 것이 맛있게 생겼는 걸, 하 하 하 하. 자- 그럼 호장군 실례하네. (나간다)

(한참 사이. 이제야 호랑이 잠이 깨어 옆을 본다)

호랑이	(놀라며) 아니 토끼들이 어디로 갔어? 아니 이게 웬일이야?! 고것들이 바깥으로 나가서 노나? 이거 큰일났는 걸! 이거 어떻게 하면 좋단 말인가? 이거 큰 토끼를 볼 낯이 없는 걸. 다른 짐승들이 내가 자는 틈을 타서 들어와서 데리고 가거나 안 했는지!? 만약에 데리고 갔다면 큰일인 걸! 얼른 밖으로 나가서 그래도 찾아 봐야지. 참으로 큰 토끼를 보고 무어라고 하나? 모두가 내가 잠을 잔 것이 다- 잘못이지! 에이 속상해. 어서 나가서 찾아 봐야지. (급히 退場)

- 일경(一景) 종(終)

이경(二景)

(레코-드)

곳   호랑이 집에서 가까운 산중(山中)

호랑이   아 어디 가서 이 토끼들을 찾는담. 모두 내가 잠을 잔 탓이지.
이것들을 대체 어디 가서 찾나? 다른 데서 놀다가 이런 때에 오
기나 했으면 좋겠구만도! 아참 큰 토끼가 있다라도 오면 무슨
낯으로 만난담! 대체 이 일을 어떻게 하나. 에이 속상해 ! (이때
옆 나무 위에서 부스럭 부스럭 소리가 난다)

호랑이   아니 이게 무슨 소린가? 웬일로 나무 위에서 바스락 바스락 소
리가 나? (나무 위를 보고서)

호랑이   (놀래며) 아니 작은토끼들이 저기 있구나? 얘들아! 얘들아! 그렇
게 높은 데는 무엇 하러 올라갔니? 어서 이리 내려온! 얼른 내려
와! 뭐- 독수리한테 붙잡혔구나? 아 여보게! 여보게! 수리 군! 그
작은 토끼를 이리 좀 내려 보내 주게!

독수리   아니 그건 왜 내려 보내 줘! 내가 지금 배가 고파서 막 먹으려고
하는데, 글쎄 왜 내려 보내 줘! 그것은 도저히 안 되지 안 돼-. 어
서 그런 소리는 두 번 다시 하지 말고 가게 가!

호랑이	글쎄 여보게! 만약에 자네가 그것들을 없앤다면 나는 큰 토끼를 볼 낯이 없고 의리가 어디 있나? 그러니 제발 나를 생각하고서 라도 내려 보내 주게 응.
독수리	의리고 무어고 다- 자네가 할 일이지 내가 어떻게 아나?! 나도 할 수 없이 자네가 자는 틈을 타서 몰래 애쓰고 데리고 온 것을 그래 그렇게 달라며는 내가 얼른 내 줄 줄 알고 그러나? 그것은 어림없는 일이지! 글쎄 그런 말은 두 번 다시 하지 말고 어서 가 서 잠이나 더- 자게! 그런 줄 알고 어서 가서 자네 할 일이나 하 게!
호랑이	아 글쎄, 여보게 제발 원하니 내려 보내 주게!
독수리	내가 지금 배가 고파서 견딜 수가 없는데 내려 보내 주면 나는 어떻게 한단 말인가? 응 그것도 생각해 봐야지-.
호랑이	그렇게 배가 고파서 견딜 수가 없으면 내 그럼 대신 다른 고기 를 줄게 내려 보내 주겠나?
독수리	암! 대신으로 꽤도 맛있는 것으로 준다면야 내려 보내 주고 말 고! 얼른 내려 보내 주자-. 그런데 대신 준다는 게 대체 무엇인 가?
호랑이	저… 저 내 다리살 좀 주려고 하네-.
독수리	아 그거 참 좋지. 그래 그럼 얼른 떼어 주게! 배가 고파서 견딜 수가 없네.

호랑이	잠깐만 참게! 곧 올려 보낼 테니-. (사이) 자- 옛네 올라가네-.
독수리	응 어서 올리게! (올려 보낸다)
호랑이	자! 인제는 그 토끼들을 내려 보내 주게!
독수리	응 내려 보내지. 자! 가네-. (사이) 아 자네 살도 아주 맛있군 그래. 하 하 하 하. 그럼 또 다른 데로 가 볼까? 하 하 하 하.
호랑이	에이 여보게, 그런 소리 말게! (사이)
一, 二	호랑 할아버지! (뛰어 와 안긴다)
호랑이	아- 그래 다치지나 안 했니?
一	아 뇨, 괜찮아요.
호랑이	그런데 그놈의 독수리가 내가 자는 틈에 들어와서 너희를 데리고 가대!?
二	네!
호랑이	왜 그러면 소리라도 크게 지르지 그랬어, 응?
一	뭐- 소리를 지르면 단박에 가만 안 둔다고 눈을 흘기고 보겠지요. 그래서 암 말도 않고 따라갔지요.
호랑이	참, 그 수리는 마음이 고약한 놈이지!
二	그런데 호랑 할아버지, 다리살을 그렇게 떼어 주셔도 안 아프세요?
호랑이	애 좀 보게. 안 아픈 게 뭐냐.
一	그럼 왜 살을 그렇게 떼어 내셨어요?

호랑이	그거야 첫째로 너희 엄마에게 의리를 지키려는 것이고 둘째는 너희들이 가엾어 그랬지! 뭐- 고까짓 살 좀 떼었다고서 죽지는 않을 테니까!
二	참 호랑 할아버지는 기운도 세시기도 하시지!
호랑이	참으로 의리라는 것은 중(重)하고 무서운 것이지. 얘들아 너희들도 점점 커 가는 아이들이니 의리(義理)라는 것을 잊지 말고 이 다음 커서 언제까지든지 오늘 이 일을 잊지 말고 또 남에게 의리를 지킬 일이 있으면 꼭 지켜야 한다. 알겠니?
一, 二	네, 안 잊어 버릴 테에요.
호랑이	참 이쁘기도 하지! 자 그럼 집으로 설설 가 보자. 그런데 아까 살을 뗄 적에는 아프지가 않더니 지금은 좀 아프구나. 얼른 집에 가서 누워야겠다.
一	그럼 저희들을 꼭 붙들고 가세요? 네!
호랑이	아니 너희들이 무슨 힘이 있다고, 하 하 하 하. 그것들 참!
二	그래도 그냥 가시는 것보다는 낫지요.
호랑이	암. 그냥 가는 것보다는 낫기야 하지.
一, 二	그럼 저희들을 붙들고 가세요? 네!
호랑이	오냐 붙들고 가자…. 그것들 참 귀엽기도 하지! 하 하 하 하. 자 그럼 어서 가자.

- 이경(二景) 종(終)

삼경(三景)

곳　호랑이 집

호랑이　　아 그거 대단히 아프다.

—　　　　어서 여기 드러누우세요.

호랑이　　오냐. (눕는다) 아! 아프다.

二　　　　무슨 약 좀 바르셔야지요?

호랑이　　약은 무슨 약. 가만- 두면 저절로 다- 나을 걸.

—　　　　그래도 약을 붙이면 얼른 낫지요.

호랑이　　약이나 있다데-. 그리고 언제든지 약은 안 발랐으니까, 뭐 괜찮
　　　　　다.

二　　　　참 호랑 할아버지는 기운도 세시기도 하시지.

호랑이　　애 기운 센 게 무어냐. 아파 죽겠다. 아유… 아퍼.

엄마토끼　(들어오며) 아저씨 지금 다녀오는 길입니다.

호랑이　　응 지금 오냐? 날이 퍽 춥지?!

엄마토끼　네 날이 퍽 추운데요. 바람은 왜 그렇게 부는지. 바람이나 안 불
　　　　　었으면 덜 추울 것을…. 얘들아 퍽 기다렸지? 배 고프지 않으냐?

—　　　　엄마 인제 오우? 먹을 것 많이 해 왔수?

엄마토끼	그래 많이 해가지고 왔다. 그런데 내가 없다고 울지나 않았니?
二	응, 울긴 왜 울어. 안 울었어-. 그런데 엄마! 저… 할아버지가….
엄마토끼	아니 할아버지가 어떻게 하셨니? 저 호랑 아저씨 무슨 일이나 생겼어요?
호랑이	뭐 별 일 없지!
엄마토끼	아니 무슨 일이세요? 얘들아 무슨 일이냐!
一	저- 저 우리 때문에 살을 떼 내셨다우!
엄마토끼	아니 어쩌다가 그러셨어요. 네?
호랑이	저 내 이야기해 주지. 달리 그런 게 아니라 어저께가 사자님의 생일이라고 해서 사자님하고 밤 늦게까지 음식을 먹으며 놀고서 잠을 잘 못 잤더니 고단해서 글쎄 자네가 다녀간 다음에 잠을 잠깐 잤는데- 아 그 고약한 독수리란 놈이 내가 자는 틈에 살그머니 들어와서 자네 아이들을 몰래 데리고 갔단 말야.
엄마토끼	저런- 너희들 다치지나 안 했니?
一, 二	아니.
호랑이	그래 얼마 있다 잠을 깨 보니까 없기에 불야 살야 찾아다녔더니 저-쪽에 커-다란 솔나무 위에 데리고 가서 막 먹으려고 하는데 달라고 달라고 빌어도 안 주기에 할 수 없이 내 다리 살을 조금 떼어 주고 바꾸어 받았지! 그래 다리가 이렇게 되었다네-. 아이 아퍼!

엄마토끼	아이 호랑 아저씨도 대단히 아프지나 않으세요?
호랑이	그때 당장은 아픈 줄 모르겠더니 지금은 꽤 아픈데 그래.
—	참 호랑 할아버지는 기운이 세시지!
엄마토끼	암 세시고 말고! 그럼 호랑 아저씨께서는 제 말을 꽤 무서워하시는군요?
호랑이	뭐- 자네 말이 무서워서 그런 게 아니라 약속(約束)이 무서워서 그랬지! 말하자면 의리(義理)라는 것은 꽤 무섭지. 첫째 내가 나를 무서워하니까. 하 하 하 하.
엄마토끼	참 호랑 아저씨는 마음도 좋으시지!
호랑이	에이 그것들 참. 하 하 하 하. 아파 견딜 수 없는데. 하 하 하 하.
일 동	(웃는다)

- 전삼경(全三景) 종연(終演)

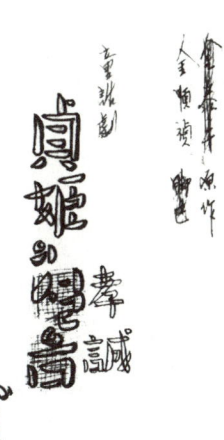

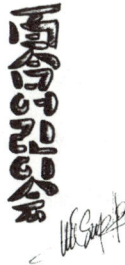

동화극 정희의 효성

전 3막

김순정 원작

백합어린이회

1936년 12월 30일 제7회 방송 대본

배 역

정희(貞姫)_ 이원정(李源貞)

어머니_ 김인규(金仁圭)

옥분(玉粉)_ 박선의(朴宣姫)

그의 어머니_ 윤순옥(尹順玉)

박선생(朴先生)_ 백영구(白映龜)

때_ 어느 해 겨울

곳_ 정희의 집

에헴, 극을 시작하기 전에 한 말씀 드릴 것은 이- 극중에 나오는 사람이 정희라는 아이와 그의 어머님과 또 그 이웃집에서 사는 옥분이 모녀와 정희를 맡아 가르치는 박선생이 나옵니다. 간단히 극의 내용을 말할 것 같으면 정희라는 아이는 열네 살이나 되도록 아버지가 계신 줄만 알았는데 어느날 학교에서 동무들이 돌아오는 설에 저의 아버지가 무엇을 사주어 좋으니 나쁘니 하는 말을 듣고 와서 병석에 누워 있는 어머니에게 아버지 생각이 그리워 물으니 그제야 정희 어머니도 아버지가 돌아가시었다는 것을 말합니다. 그때에 바로 정희를 맡아 가르치시는 박선생님이 찾아와 정희는 학교에서 공부도 잘 하고 또 품행도 얌전하여 학교에서는 장학금을 주어 공부하게 하였다는 이야기를 전해 주고 갑니다. 오랜 날을 병석에 누웠던 정희 어머니도 이제는 병환이 다- 낫고 어머니 병환을 간호하느라고 학교에를 못 간 정희도 이제는 학교에를 잘 다닌다는 이야기입니다.

(효과) 약간의 슬픈 레코-드를 튼다. (사이)

모   (한숨을 쉬며) 벌써 세 시를 치니 정희가 학교에서 돌아올 시간이 되었구나! 그런데 오늘 월사금을 못 가지고 가서 선생님께 꾸지람이나 안 들었는지…. 다른 아이들은 모-두가 월사금을 가지고 왔으나 우리 정희만 안 가지고 왔을 것이지! 정희야! 정희야!

모-두가 내 잘못이니 용서를 해 다우.

(이때 밖에서 정희가 동무에게 잘 가라는 말이 들리자 정희 등장)

정 희 어머니 지금 돌아 오는 길예요. 그런데 아침보다 좀 어떠세요? 더 하지나 않으세요? 아이 또 바느질을 하시네!!

모 오냐, 아침보다는 나은 것 같다. 그런데 너 오늘 월사금을 못 가지고 가서 선생님께 꾸지람이나 안 들었느냐?

정 희 저- 선생님이 지난 달 것도 안 내고 이달 것도 안 가지고 오니 어쩌잔 말이냐 하시며 사흘 안으로 꼭 가지고 와야 된다고 하시겠지. 그래 어떻게 할 수 있수! 그러겠다고 대답만 했지. 그러나 어머니 어떻게 하우. 그때 또 못 가지고 가면….

모 설마 그때야 어떻게 해서라도 되겠지!

정 희 그런데 어머니가 더 괴로우신 것 같은데 바느질은 좀 그만두세요.

모 아니다, 괜찮다. 그러나 이 바느질하던 것은 끝을 내야만 네 월사금 줄 돈이 생기지 않니!

정 희 그래도 그만두세요. 어머니는 일을 너무 하니까 병이 낫지는 아니하고 점점 더해지지….

모 뭐- 네가 그렇게 염려해 준 덕으로 나아 가는 것 같다….

정 희 그런데 어머니 저- 오늘 학교에서 저-번에 산술시험 본 것을 나눠 주었는데 나는 아주 썩 잘 했어.

모 썩 잘 했다구. 그래 몇 끗이나 되느냐?

정 희	저- 백 끗이야, 백 끗!! 우리 반에서 내가 제일 잘했다고 선생님이 그러시겠지!
모	참 고맙다. 정희야. 아무쪼록 공부 잘 해서, 이 다음에 훌륭한 사람이 돼야 한다!
정 희	저- 그런데 어머니 오늘 수신시간(修身時間)에 선생님이 "정직"이라는 것에 대해서 이야기를 해 주셨는데, 나는 그 이야기를 듣고 사람이라는 것은 정직해야 한다는 것을 깨달았어!
모	암 그럼! 사람은 정직해야 하는 것이다. 그래 무슨 이야기냐?
정 희	이런 이야기야. 어느 나라 서울 한 모퉁이 다리께에 어떤 인력거꾼이 몹시 추운 날 속바지만 입고 떨면서 손님을 기다리고 있는데 마침 그 길을 돌고 있는 순사가 그 사람을 보고 "웬 사람이 이렇게 추운 밤에, 더군다나 바지도 안 입고 무슨 손님을 기다리는가?" 하니까 인력거꾼이 하는 말이 집에는 늙으신 어머님과 처자가 있는데 먹을 것은 없고 또 그냥 집에 들어가면 집안 식구들이 울 것 같아 그만 20전을 받고 팔아 버렸다고 그러니까, 순사가 그게 정말이냐고 하더니 그 바지 산 집을 가르쳐 달래 같이 가서 20전을 주고 바지를 찾아 주며 아무리 먹고 사는 것이 중하지만 무엇보다 몸을 튼튼히 하는 것이 더- 좋다 하며, 언제든지 그날 일을 일찍 끝맺고 일찍 쉬는 것이 좋다 하며 그냥 가 버렸대….

모	참으로 그 순사는 착하기도 하지!
	(이때 정희 동무인 옥분이가 등장)
옥 분	정희야!
정 희	응, 옥분이 오는구나. 그런데 어디 가니?
옥 분	아니다. 학교에서 놀다 온다. 그런데 어머님 좀 어떠시냐?
모	고맙다. 너- 학교에서 지금 오는구나!
옥 분	네! 좀 놀다가 오느라고 늦었어요. 그런데 좀 어떠세요?
모	좀 낫다.
정 희	옥분아 너는 오늘 수신시간에 선생님이 해 주신 이야기 있지 않았니?
옥 분	그래 그 인력거꾼 이야기 말이지?!
정 희	그래 그 이야기를 어머님께 해 드리고 있었다!
옥 분	참 그 인력거꾼은 정직하지! 내 집에 가서 밥 먹고 또 올게! 저- 아주머니 집에 가서 밥 먹고 또 올게요, 네!
모	오냐, 또 오너라.
정 희	그래 갔다 와! 응 옥분아!
옥 분	그래. (나간다)
정 희	인제 아까 하던 이야기를 마저 할게 어머니⋯. 그래 그 인력거꾼은 그 순사 말을 잊지 않고 일을 해 왔는데 어느날 인력거꾼이 웬 손님을 태워다 주고 와서 인력거 소제를 하고 있으려니까 인

력거 안에 커-다란 돈지갑이 있더래! 그래, 이 사람이 워낙 마음이 좋아서 곧 손님을 찾아가서 그런 말을 하고 지갑을 내 주니까 참으로 고맙다 하면서 돈 5원(圓)을 꺼내 주더래. 그러나 이 인력거꾼은 워낙 착한 사람이라 안 받으니까 자꾸 주더래. 그래 이 사람이 정 그렇게 주고 싶으면 30전(錢)만 달라고 해서 그 30전을 받아가지고 집에 왔대. 그런데 어느날 먼저 그 손님이 인력거꾼이 사는 집에를 찾아와서 하는 말이 내가 이번에 무슨 일로 남에게 인력거 열 채를 맡게 되었는데 나는 소용이 없으니 자네에게 준다고 하며 주더래!

모   참으로 그 손님은 인정도 많기도 하지! 그래 어떻게 됐니?

정 희   그래 인력거꾼은 그 사람 덕으로 이층집을 얻어 아주 커-다란 인력거방을 내고 잘 살았대! 그런데 어느날 길에서 그 전 자기를 구해준 순사를 만났는데 아주 꼴이 망측하더래. 그래 웬일이냐고 물으니까 병으로 순사를 그만두고 이렇게 되었다고 하니까 이 인력거꾼이 자기 집에 데리고 가서 지난 이야기를 다 하며 자기 집에서 며칠을 묵게 했대. 그런데 어느날 그 순사였던 사람이 나도 인력거를 좀 끌어 보겠다고 하며 끌게 해 달라고 하니까 처음에는 안 된다고 하더니, 나중에는 그러라고 하더래. 그래 그 둘이서 열심히 인력거를 끌었대. 그래서 두 사람이 다 나중에는 행복하게 지내게 되었으며 아주 지금은 훌륭한 사람들이 되었다는 이야기야!

모   참으로 그 두 사람은 훌륭한 분들이다. 그거 봐라. 사람은 정직해야 하는 거야. 그- 인력거꾼은 정직하였기 때문에 그렇게 되었고, 그- 순사는 인정이 많아서 그런 것이다. 무엇보다 사람이라는 것은 정직하고 인정이 많아야 하는 것이다. 그래야 평화하고 행복스런 날을 보내게 되는 거란다. 정희야, 너는 그 이야기를 잊어서는 안 된다.

정 희   어머니, 나는 그 이야기를 듣고 그- 인력거꾼을 퍽- 칭찬했어!

모   그래 사람이라는 것은 어느 때나 옳은 길을 걸어야 하는 것이다. 잘 알았니? 참 너의 선생님은 좋은 이야기도 해 주시지!

정 희   나는 그 이야기를 안 잊어 버릴 테야. 그리고 언제든지 그 인력거꾼의 모범을 마음에 먹을 테야. 어머니!

모   오냐 그래야 하는 것이다. 사람은 무엇보다도 정직해야 하는 것이니까!

해 설   정희는 이렇게 병석에 누워 괴로워하는 어머니를 위로해 드렸던 것입니다.

- 일막(一幕) 종(終)

이막(二幕)

때 1막으로부터 3개월 후 어느날 오후

곳 1막과 동(同)

(효과) 처량한 음악 반주 (사이)

정 희 어머니 약 잡수세요. 시간이 되었는데요. (약그릇 소리) 그리고 너무 근심하지 마세요. 뭐- 이번 약 잡수시면 좀 나으시겠지요.

모 오냐. (약그릇을 받으며) 그런데, 정희야. 너도 학교에는 안 가더라도 공부는 해야지! 어저께 옥분이가 와서 내일 이과시험(理科試驗)이라고 하지 않데. 학교는 안 가더라도 공부는 늘- 해야 하는 것이니까. 그러니 그만 너도 가서 이과(理科)도 보고 다른 공부나 하렴. 나는 괜찮으니까. 응, 정희야!

정 희 괜찮아요. 아까 다- 해 놓았으니까. (사이) 그런데 참 어머니. 저- 그런데 그저께 학교엘 가니까 다른 아이들은 돌아오는 이번 설에는 저의 아버지가 비단옷을 해 주느니 또 어떤 아이는 외투를 사 준다느니 하는데 우리 아버지는 어디 가셨수. 왜 안 계시우? 응 어머니!

모 아니 그래 설날이 며칠이나 남았느냐?

정　희	꼭 세 밤 남았어!
모	세 밤!? 세 밤!? 그러나 정희야, 그렇게 걱정할 것 없다. 너도 비단옷을 입게 해 줄게 응! 정희야. 세 밤이면 아직 멀었구나. 그때까지 참으렴, 정희야!!
정　희	그래도 어머니가 나아야지! 그런데 아버지는 어디 갔수?
모	아니 왜 그것은 묻느냐?
정　희	뭐- 다른 아이들은 저의 아버지가 무어 사 주어 좋으니 나쁘니 하는데 나는 아버지가 없으니까 그러지 뭐! 응 어머니 ! 아버지는 어디 갔수?
모	정희야 네가 그것을 알겠다고 하면 말을 안 하려고 하던 이 어머니도 말을 해 주마! 정희야 들어 봐라. (사이) 너의 아버지는 이- 세상을 떠나시었단다.
정　희	(깜작 놀래) 아니 아버지가 정말 돌아가셨수. (엎드려 운다)
모	그렇다. 네가 바로 세 살 먹던 해에 돌아가셨단다. 그때가 바로 찬바람이 불고 눈보라 치는 날이었다. 그때 너의 아버지는 어느 철(鐵)공장에서 일을 하시고 계셨는데 그날 일수(日數)가 사나웠는지 그만 기계에 치여서 근 한달 동안이나 신음하시다가 그만- 그만! 이 세상을…. 너에게 알리고 싶지 않아서 오늘까지 너를 속여 왔던 것이다. 밤낮 네가 아버지는 어디 가셨느냐고 물으면 아버지는 먼- 시골에 계신데 며칠만 있으면 네 꼬까옷

	을 사가지고 온다고 거짓말을 했지! 그렇던 네가 벌써 철이 들어서 열네 살이나 먹게 컸구나. 정희야, 울지 말아라!
정 희	난 싫어! 왜 어머니는 진작 그런 말을 해 주지 않고 거짓말만 했어!? 거짓말 하는 것 난 싫어!
모	오냐, 정희야. 이 어머니가 거짓말을 했다. 그러나 이왕 그렇게 된 일을 어찌 하니. 응! 정희야 너에게 거짓말 한 것을 용서해 다우. 정희야 그만 울어라 응!
박선생	(밖에서 문을 흔들며) 정희야! 정희야!
모	애 정희야, 누가 왔나 보다. 울음을 그치고 어서 가 봐라. 어서, 어서-. 미안하지 않으냐?
정 희	아니 누가 왔어!
박선생	정희 있니?
모	네-나갑니다. (정희보고) 어서 가 봐라 정희야. 너무 울지 말고!
정 희	(싫은 듯이) 에이 누가 왔어? (옷깃을 잘 여미고 눈물을 씻으며 문 있는 데로 간다) 누가 오셨습니까?
박선생	정희냐? 나다.
정 희	(문을 열며) 네, 선생님이시군요. 저는 또 누구신가 했지요. 그런데 어떻게 이렇게 오셨어요? (사이) 저, 집이 매우 지저분하지만 들어오세요.
박선생	오냐. 그런데 너의 어머니께서 편찮으시다는 말을 옥분이한테

서 들었는데 그래 요새는 좀 어떠시냐? 더하지 않으시냐?

정 희	네 그저 그만 하세요. (사이) 어머니, 저 박선생님이 오셨어요.
모	응?! 선생님이 오셨어! 이리 들어오시라고 여쭈어라!
정 희	네! 선생님, 좀 방으로 들어왔다 가세요.
박선생	오냐. 어머님은 그 방에 누워 계시냐? 어흠!
정 희	네. (선생은 정희를 따라 방으로 들어온다)
모	아니, 선생님 오십니까? 바쁘신데 어떻게 오셨습니까? 그리 좀 앉으세요. (일어나려 한다)
박선생	(일어나려는 것을 말림) 뭐- 괴로우신데 일어나실 것 없습니다. 어서 누워 계세요. 괜찮습니다. 그렇게 무리하시게 일어나시면 오히려 안 됩니다. 누워 계십시오!
모	그럼 그만 실례하겠습니다. 어찌나 약해졌는지 일어나려 하니까 그 역시 못 일어나겠는데요! 그럼 누워 있겠습니다. 용서하십시오.
박선생	천만에 말씀을 다- 하십니다. 뭐- 오랫동안을 병석에 누워 계셨으니 자연 그러시겠지요. 저 내가 이렇게 온 것은 다른 게 아니라 정희 어머니께서 몹시 편찮으시고 또 정희 역시 어제 오늘을 아무 말 없이 결석을 해서 별안간에 무슨 일이나 생기지나 아니했나 하고 온 것입니다….
모	참 감사합니다. 저야 늘 그만 하지요. 그런데 정희가 학교에 못

간 것은 내가 이렇게 앓아 누워 있고 또 지난 달 월사금을 못 가지고 가서 못 간 것입니다. 나는 그래도 자꾸 가라고 하지만 어디 정희가 가야지요. 내 시중을 들어 주느라고 그런답니다.

박선생 네! 그렇습니까?! 정희는 참 효성스러웁고- 착하거든! …으흠….

정 희 아이 선생님도…. 뭘요. 으레 그래야지요.

모 요새 아이들 시험 준비 시키시느라고 퍽 바쁘신데도 불구하시고 이렇게 찾아와 주시니 무어라고 말씀 드려야 좋을지 퍽 미안합니다.

박선생 뭐- 그리 바쁘지 않습니다. 저- 한 말씀 여쭈어 드릴 일이 있어 온 것예요. 다른 것이 아니라 정희의 학교 비용 문제인데, 아시다시피 정희는 우리 학교에서 제일 성적이 좋고 품행이 얌전한데다 댁에서 학비로 곤란한 경우를 많이 당하시는 끝에 학교에서 내기로 하였답니다.

모 아니 그게 무슨 말씀이세요? 정희의 학비를 학교에서 내신다고요?! 참으로 감사의 말씀을 무어라고 드려야 좋을지 모르겠습니다. 참 너무나 죄송스럽습니다.

박선생 그래 오늘 온 것도 이 말씀을 전해 드리려고 잠깐 온 것입니다.
(가려고 일어선다)

모 일부러 오셔서 감사합니다. 그런데 왜 그리 곧 가시려고 일어나세요?

박선생 네 가 봐야겠습니다. 학교에 가서 이러한 이야기도 해야겠으니까요.

정 희 선생님 또 학교로 가세요?

모 모처럼 이렇게 오셨는데 아무 대접도 못 해 드리고…. 참 미안합니다.

박선생 원 별 말씀을 다 하십니다. 뭐! 병환이 나으시면 또 한번 찾아와 뵙겠습니다. 그럼 안녕히 계십시오. 정희야 잘 있거라. 그리고 학교에는 와야 한다. 응! 자 간다.

모 그럼 박선생님, 안녕히 가세요.

박선생 네- 안녕히 계십시오. (나간다, 사이)

모 (한참만에) 참으로 선생님들은 고맙기도 하지!

정 희 어머니, 아까 선생님이 학교에 오라고 하시었으나 나는 어머니 병환 낫기 전에는 학교에 안 갈 테야. 뭐!

모 오냐 정희야. 참으로 너의 효성스런 마음은 고맙다. 그러나 이 어머니 병은 차차 나아 가니 염려 말고 내일부터라도 학교에 가거라. 학교에 가서 공부를 열심히 해서 장래에 훌륭한 사람이 돼야 하지 않니? 응 정희야!

정 희 그래도 뭐- 난 싫어!

모 그러지 말고 이 어머니 말을 잘 들어라. (사이) 내 걱정은 말고!

삼막(三幕)

때   2막으로부터 20일 후

곳   1, 2막과 동(同)

해 설   정희 어머니께서는 병환이 다 나으시고 정희도 개학을 해서 학교에 잘 다니고 있습니다. 오늘도 역시 정희는 학교에 가고 정희 어머니께서는 바느질을 하고 계십니다.

(효과) 조금 快樂한 음악 반주

모   정희가 학교에서 올 때가 되었는데 무엇 하느라고 여태 안 오나? 추운데 얼른 오지 않고서…. (이때 정희가 기쁜 듯이 뛰어 들어온다.)

정 희   어머니! 지금 돌아오는 길야!

모   오냐 지금 오니! 추운데 진작 오지 왜 늦게 오니. 자- 이리 앉아라. 추운데!

정 희   저 학교에서 집짓기 하며 놀다 오느라구 그랬어!

모   그렇게 뛰고 배 안 고프냐?

정 희	아니 어머니두. 「벤도」 가지고 가서 먹었는데 뭘-. (이때 옥분 어
	머니 떡을 해서 가지고 들어온다)
옥분모	정희 있니? 나다!
정 희	네! 어서 오세요.
정희모	어서 오우. 추운데 뭘 그렇게 또 가지고 오우.
옥분모	저- 오늘이 바로 우리 옥분이 생일이라- 떡을 조금 했다우-. 그
	러니 좀 먹어 봐요.
모	날이 몹시 추운데 하느라고 애 많이 썼겠수.
옥분모	뭘요-. 자 정희도 어서 먹어라-.
정 희	참 아까 옥분이가 학교에서 그러더군요. 그리고 있다 오라고
	그러겠죠. (이때 옥분이 뛰어 들어온다)
정 희	옥분이냐? 어서오너라-. 나도 지금 가려고 하는데 너의 어머니
	께서 오셨단다!
옥 분	나는 지금 막 집에 가니까 어머니도 안 계시고 해서 너하고 같
	이 가서 놀려고 왔는데 어머니도 여기 계시군!
옥분모	너 정희 데리러 왔구나!
옥 분	응! 어머니, 내 정희하고 먼저 갈게 있다 오슈. 아주머니, 정희
	데리고 가서 놀게요.
모	오냐. 그래도 저 생일이라구…. 아이 그것들 참!
정 희	응, 어머니. 그럼 놀다 올게!

옥 분   어머니는 있다 오우. (둘이서 좋아서 퇴장)

모일동(母─同) 그래 어서들 가 놀아라!

　　　　(효과) 쾌락한 음악 반주

　　　　　　　　　　- 전삼막(全三幕) 종(終)

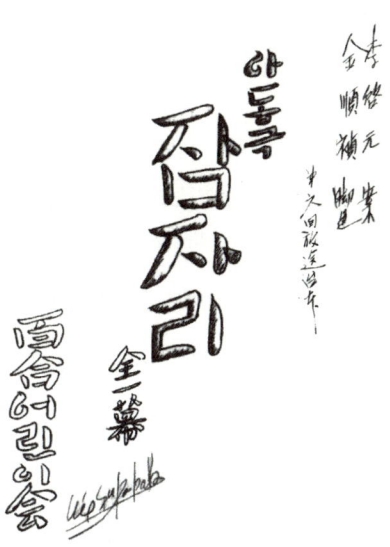

아동극 잠자리

전 1막

이계원 안

김순정 각색

백합어린이회

제6회 방송 대본

배역(配役)

아빠개미_ 윤상무(尹相武)

아기개미 형(兄)_ 김향숙(金香淑)

아기개미 제(弟)_ 박정자(朴貞子)

동무개미_ 이현옥(李賢玉)

잠자리_ 백영구(白映龜)

출연(出演)_ 백합(百合)어린이회(會)

지휘(指揮)_ 김순정(金順禎)

효과(效果)_ 강상칠(姜相七)

곳_ 개아미 집

때_ 어느 해 겨울날

극(劇)을 시작(始作)하기 전(前)에 한마디 여쭐 것은 이 극(劇)에 나오는 사람이 아버지 개미와 아기 개미 형제(兄弟)와 그리고 아기 개미 동무인 동무 개미와 잠자리가 나옵니다. 간단(簡單)히 극(劇)의 내용(內容)을 말하면 여름 내 춤만 추고 놀고 있던 잠자리가 그와 반대로 온 여름 내 뜨거운 볕을 쪼여가며 일을 해서 겨울에 먹을 것을 벌어 놓은 개미 집에 바람 몹시 부는 추운 겨울날에 먹을 것을 구걸하러 와서 개미에게 먹을 것을 얻어 먹으며 내년(來年)부터 같이 일을 하자는 개미 말에 굳게 약속(約束)을 했다는 이야기입니다.

효과(效果) 바람 소리 요란히 들린다

부(父)　　아- 바깥 날이 퍽 추운 모양이로구나 응. 바람이 몹시 부는 것을 보니까?

형(兄)　　(퍽 춥다는 듯이) 아이 날이 퍽 추운데! 저- 아버지!? 이렇게 추운 날에 무슨 일을 해? 일은 그만두고 옛날 이야기나 하나 해 줘- 응? 아버지!?

부　　　아니!! 옛날 이야기를 해 달라고? 흥, 그것들 참!

제(弟)　　응!! 아빠 어서 하나 해 줘!

부　　　에이 귀찮아 죽겠다. 그래 밤낮 무슨 이야기를 하란 말이냐? 응, 이것들아!

제	뭐- 아빠는 얘기 잘 하지 뭐-. 어서!
형	재미있는 옛날 이야기 말야! 어서 해 줘! 아버지!!
부	에이 속상해! 그럼 한마디만 해 줄까? 그럼 이 다음에는 다시 이야기 해 달라고 그러지 말어!! 응 요것들아.
형, 제	응- 응!
부	그럼 한마디 짧은 것으로 해 주마.
제	싫어 뭐-. 긴- 것으로 해 줘야 돼!
부	아니 긴 것을 해 달라고? 하 하 하 하. 그것들 참! 얘 그런데 화롯불이 꺼져 가는구나. 저- 숯 좀 더 얹어서 피우게 하렴! 퍽 춥지 않니?
제	응? 어서 그런 얘기는 그만두고 옛날 이야기나 해 줘!
부	그래 자- 하마. 저- 어느 깊은 산속에 있는 여우가 배가 몹시 고파 배를 움켜쥐고서 길 가로 내려오니까 그 길 옆에는 아주 먹음직한 포도송이가 송이송이 그 포도 넝쿨에 달려 있지를 않겠니? 그래 이 여우란 놈이 침을 삼키면서 포도송이에 뛰어 보았지만 워낙 높이 달렸기 때문에 닿지가 않더란다. 그래서 여우란 놈은 별별(別別) 짓을 다- 해 보았지만 종시 그 포도송이에 닿지를 않아서 이- 여우는 그만 골을 잔뜩 내고서 하는 말이 "아무리 맛이 있는 포도라도 빛이 좋아야지. 너같이 시커먼 포도를 누가 먹겠니? 나는 먹으라고 거저 갖다 주어도 안 먹겠다"고 골

이 나서 욕을 하며 산속으로 가 버리더란다.

형   그래서 그 다음에는 어떻게 됐수.

부   그래 골이 잔뜩 나서 산속으로 갔어. 지금도 가는 중이다.

제   그까짓 게 무슨 이야기야? 짧고도 싱거웁게. 그게 뭐야. 안 돼,
안 돼. 아주 재미있고 긴 것으로 또 하나 해 줘야 돼!

부   글쎄 이 자식들아!! 너희들은 이야기만 듣고 있으면 먹을 것이
생기니? 응. 이것들아! 철이 없더라도 분수(分數)가 있지!

제   그래도 난 싫어! 또 해 줘야 해!

부   글쎄, 너희들은 아까 그 이야기를 잘 모르니까 그러지 그 이야
기가 퍽 좋은 이야기야. 누구나 다- 여우란 놈처럼 남의 물건을
거저 먹으려고 하면 안 되는 거야. 그런 마음을 애초부터 먹지
말아야지. 그런 맘이 머릿속에 박히었으면 하느님이 그 사람을
용서를 안 하시니까!! 잘 들었니?

제   싫어, 그래도. 뭐- 재미있는 거 또 하나 해 줘야 돼!

부   글쎄 이것들아. 이야기만 하고 있으면 먹고 산단 말이냐?

제   그럼 무엇 해. 이야기나 하지!

형   아이 아버지두. 먹을 것도 많이 있고 또 바깥 날도 추운데 뜨뜻
한 방 안에서 재미있는 이야기나 하며 노는 게 좋지 않어! 참 아
버지두!

부   에이- 이 철없는 것들아! 여름 내 땀을 흘리면서 너희 엄마하고

먹을 것을 얻어 놓으니까 이렇게 지내는 것이란다. 잠자리나 매미 같은 놈들은 여름 내 좋아라고 춤만 추며 노래만 부르고 놀고 있는데 우리는 땀을 흘리며 먹을 것을 벌어 들이지 않았니? 너희들을 먹여 살리려고서! 그런 줄이나 알고 너희들도 일을 할 생각이나 하지, 이야기는 밤낮 무슨 이야기냐? 응!

형   그럼 여름 내 놀고만 있던 잠자리나 매미는 이 추운 겨울에 어떻게 됐수 응!

부   그야 말할 것 없이 굶어 죽었을 테지! 남은 놈들은 할 수 없이 남이 벌어 놓은 것을 얻어 먹으러 이 집 저 집으로 다니고 있을 것이겠지!

제   아이, 보기 싫어 죽겠네! 고놈아 잠자리하고 매미란 놈이!

부   그렇다. 제가 벌어 먹어야지 남이 벌어 놓은 것을 얻어 먹어서는 못 쓰는 거야! 너희들도 그러니 밥을 벌어 들이는 법을 배워라!

형,제   응 배울탸.

부   자 이것 봐라. 이렇게 앞발로 먹을 것을 그러당겨 뭉쳐야 해. 왜 동그랗게 뭉치는 줄 아니?

형   그럼 그걸 몰라?! 굴려가지고 올 적에 바스러지지 말라고 그렇게 하는 것이지 뭐-야!

부   허- 그녀석들 꽤로구나. 그래 그럼 너희들도 내년부터는 들에 가서 먹을 것을 벌어 와야지!?

제	아이구 더워서 어떻게 해- 뭐!
부	더웁더라도 참고서 일을 해야 되는 거야. 그래야지 이렇게 추운 겨울에도 마음을 편히 하고 살 수가 있지 않으냐? 잠자리나 매미 놈들같이 놀고만 있어 봐라. 이같이 추운 겨울에 배가 고파 울면서 남에게 밥을 얻어 먹으러 다니지 않니!
제	그럼 아빠. 나는 내년부터 일을 할 테야! 응?
형	나두!
부	그래라 그래. (이때 동무개미 문을 두드린다) 누가 왔나 보구나. 얘- , 큰애야, 가 봐라!
형	누가 왔수? (문 있는 데 간다)
동	(문 밖에서) 나다-. 저- 아랫동리에 사는 작은 개미다!
동	응 나는 또 누구라구. (문이 열리며) 들어오너라!
동	아이 날이 퍽 춥구나!
형	그래 어떻게나 추운지 모르겠다. 이리 와서 불 좀 쪼여라. 응! 이리 와.
동	그래! 아- 아저씨 안녕(安寧)하십니까? 날이 퍽 춥습니다.
부	그래 너 왔느냐? 그런데 날이 이렇게 추운데 어떻게 왔니?
동	네, 아저씨한테 옛날 이야기나 들으며 놀다 가려고 왔어요.
제	너 이야기 들으러 왔구나?
동	그래. 저- 아저씨가 그저께 오늘 와서 재미있는 이야기 많이 들

고 가라고 하셔서 오늘 왔단다.

부 하 하. 그것들 참!! 그래 마침 잘 왔다.

제 애 우리 형제는 인제부터 이야기 안 듣기로 했다. 그리고 내년 부터 우리 아빠하고 같이 들에 나가서 일을 하기로 했단다.

동 뭐? 그래!! 실상은 나도 말야. 우리 아빠하고서 내년부터 같이 일을 하기로 했단다. 그래서 너희들더러 같이 일하자고 온 것 이란다. 애! 늘 옛날 이야기만 듣고만 있으면 되니? 우리 그러니 까 내년부터 같이 일하자! 응 애!

형 그래 참 재미있게 됐구나!

부 참으로 기특들 하다. 언제든지 그런 마음으로 일을 해 나가야 하 는 거야.

동 네 잘 알았어요. 그러니까 아저씨, 저도 옛날 이야기는 듣지 않 을 테에요. 그러니 그 대신으로 먹을 것을 벌어 들이는 이야기 를 해 주세요, 네?

부 응 그거야 쉬운 일이니까. 자 먹을 것을 벌어 들이는 데는 이 렇게 앞발로 밥을 그러당겨 뭉쳐가지고 오는 거야! 왜 뭉치는 줄 아니? 그것은 먹을 것을 가지고 오는 동안에 바스러지지 말 라고 그러는 거다. 알았느냐?

동 네 알았어요. 그것은 아까 집에서 우리 아빠한테서 들었어요.

부 그럼 그것을 잊어서는 안 돼! 자 그럼 오늘은 실컷 뛰며 재미

	있는 이야기도 하고 즐거웁게 놀자! 너희들이 내년부터 일을
	하겠다고 굳게 맹세를 한 즐거운 날이니까!
제	그럼 아빠 나는 춤을 출게- 응.
부	그래 그래.
제	그럼 언니하고 작은개미하고는 노래를 잘 부르니까 노래를 불러, 응!
형, 동	그래!
부	그래라. 자 그럼 너희들은 노래를 불러라. 작은애는 노래에 맞추어 춤을 추고-. 또 난 구경(求景)을 할 테니까, 하 하 하 하.
형	무슨 노래를 할까?
동	저- 저- 학교에서 배운 단풍잎이라는 거 알지- 우리 그거 하자.
형	그래- 그럼. 얘 너는 춤을 추어라-. (개미 동생은 고개를 끄떡이며 춤 출 준비를 한다)

형(兄), 동무 합창(合唱) "단풍잎"

- 윤석중(尹石重) 요(謠) | 윤극영(尹克榮) 곡(曲)

一.　버선 깁는 아가씨 착한 아가씨
　　어서 어서 이 문 좀 열어 주세요
　　서릿발이 추워서 꽁꽁 언 손을
　　아기 자는 요 밑에 녹여 주세요.

二.　　　가을 달은 밝건만 갈 곳이 없어

들창문을 흔드는 단풍잎 하나

엄마 아빠 다 여읜 가연 몸이니

자장- 하루만 재워 주세요.

부　　　(손뼉을 치며) 아니 너희들 어디서 그렇게 잘 배웠니? 응.

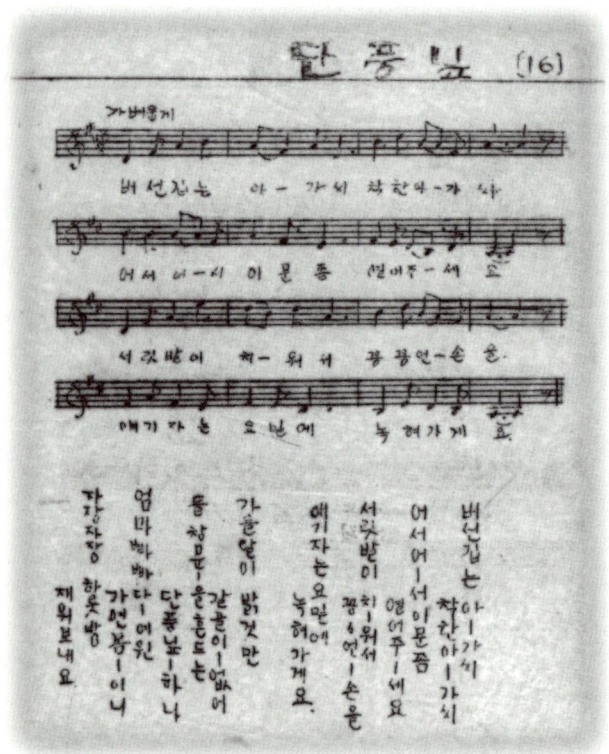

형	학교에서 배웠지!
부	학교에서? 참 잘들 하는구나!
제	썩 잘하지, 아빠!
부	그래 아주 잘했다! 자 노래 부르며 춤추느라고 배들 몹시 고플 테니 우리 밥이나 먹자!
동	나는 인제 가겠어요.
부	아니 왜 가려고? 안 된다 노래 부르느라고 배가 몹시 고플 테니 밥 좀 같이 먹고 놀다가 가려무나 응?
형	그래 같이 먹고 놀다가 가 애!
동	그럴까?
제	어서 앉아! 그러지 말고!
동	그래!
제	아이구, 나는 배가 퍽 고파!
부	자 어서들 먹어라 응. (먹을 것을 잔뜩 내 놓는다. 一同은 먹는다. 이 때, 잠자리 노래를 부르며 나온다)

잠자리 독창(獨唱) "늙은 잠자리"

- 방정환(方定煥) 요(謠) | 정순철(鄭淳哲) 곡(曲)

一. 수수밭에 마나님 좋은 마나님

　　오늘 저녁 하루만 재워 주세요

아니 아니 안 돼요 무서워서요

당신 눈이 무서워 못 재웁니다.

二.　　잠잘 곳이 없어서 늙은 잠자리

바지랑이 갈퀴에 혼자 앉아서

추운 바람 서러워 한숨 쉬는데

감나무 마른 잎이 떨어집니다.

잠　　(문을 흔들며 애걸하듯 떨며) 여보세요? 여보세요? 문 좀 열어 주세요.

형　　아버지 누가 왔나 봐!

부　　응 누가 왔어!? (고개를 끄덕인다) 거- 누가 왔소?

잠　　(문 밖에서) 네! 잠자리올시다. 날은 춥고 배는 고프고 한데다 잘 데까지 없어서 그러니 밥 한 술만 주시고 하룻밤만 재워 주세요! 네?

형　　안 돼요. 당신 같은 이에게는 아무 것도 안 줄 테에요!

잠　　제발 살려 주십시오. 얼어 죽겠습니다. 그저 적선 좀 하십쇼! 아 추워- 후.

제　　듣기 싫어요. 당신네들은 우리 아빠가 뜨거운 볕에서 땀을 흘리고 일할 적에 당신네들은 노래하며 춤만 추고 놀면서 우리 아빠더러 일만 한다고 웃었지요?!

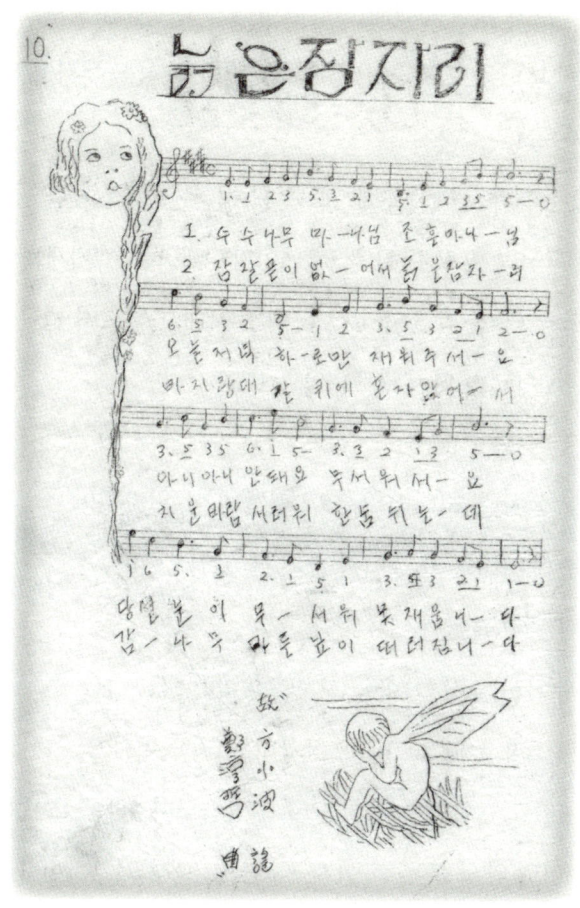

잠   네- 네 그것은 그저 잘못했습니다. (사이) 아 어찌 하면 좋단
      말이냐? 날은 춥고 갈 길은 아득한데-, 아 추워.

부   무엇이 어떻다고? 고약한 놈 같으니라고-. 네놈은 우리한테 애
      걸을 하러 왔구나. 참 그놈 맹랑한 걸!

제	아이 보기 싫어 죽겠네!
부	얘들아! 너무도 불쌍하니 우리 이번만 불러 들여서 밥 한 술 먹이자- 응!
형	싫어-. 그까짓 녀석을 왜 줘! 난 싫어!
부	자! 그러지 말고 어서 불러 들이자. 배고픈 이에게는 밥을 주어도 좋단다. 밥을 주고서 다시는 노래만 부르며 춤을 추지 않게 잘- 이르면 되지 않겠니?
제	난 싫어!
형	나도 싫어! 우리더러 욕을 막 했는데 줘? 난 싫어!
부	너무 그러지들 말고 어서 불러 들이자!
형	그럼 불러 들일까?
부	그래 어서 불러 들여라. (문 여는 소리)
형	(바람 소리 크게) 응! 여보!? 잠자리, 이리 들어와요.
잠	(문을 열고 들어오며) 네- 참으로 고맙습니다. (바람 소리 그친다)
부	자! 이리 와서 불 좀 쪼이게. 퍽 춥지! 그리고 이것이나 좀 먹게! 많지는 않으나마!
잠	네- 참 고맙습니다. (화롯가로 와서 불을 쪼인다) 아 인제서야 살았네! 아 추워!
형	그런데 잠자리 양반! 당신은 여름 내 놀고 우리는 여름 내 일을 했지요.

부   그렇다! 이 잠자리는 여름 내 춤만 추고 놀았기 때문에 이렇게
     추운 겨울에 남이 벌어 놓은 것을 얻어 먹지 않으면 안 되게 되
     었단다. 자, 여보게 잠자리!! 자네도 이제부터는 남의 것을 얻
     어 먹지만 말고 자네가 벌어서 먹는 것이 좋지 않은가? 그러니
     까 자네도 힘껏 일을 하게! 응 여보게!! 알겠나?

제   그럼 잠자리 양반! 당신도 내년 여름부터는 우리들과 같이 일을
     해요, 네?

잠   네- 네 잘 알았습니다. 그렇지만 세상에 잠자리는 모두가 여름에
     는 춤만 추며 놀고만 있지 않아요! 그런데 나 혼자 어찌 일을 하
     겠습니까?

부   뭐라고? 하 하. 그것이 벌써 잘못 생각이란 말이거든! 그러니까
     모두가 얼어 죽고 마는 거란 말야! 다른 친구들은 놀건 말건 나
     만 옳은 일을 하면 그만 아닌가? 응 잠자리!

제   그럼 남이 죽는다고 나도 따라 죽나?

부   자- 잠자리 그러지 말고 우리들과 같이 일을 하세! 그러면 이렇
     게 추운 겨울에도 뜨거운 밥이 많이 있지를 않은가? 응 여보게!

잠   네- 참으로 그렇습니다. 잘 알아 들었습니다. 그럼 저도 내년
     부터는 꼭 당신네들과 같이 일을 하겠습니다.

부   옳지 잠자리군. 잘 생각했네! 의당 그럴 것이지. 얘들아 잠자리
     군도 내년부터 우리들과 같이 일을 한다고 하였으니 좀 기쁘냐!

그러니 우리 오늘은 마음 좋게 뛰며 노래하며 또 춤추며 즐겁게 지내자!

형 그럼 잠자리는 춤을 썩 잘 추니까 우리가 노래 부를게 노래에 맞추어 춤이나 추어요.

잠 네! 무엇이고 하라는 대로 하겠습니다.

부 자 어서들 노래도 하며 춤도 추어라. 나는 구경(求景)이나 할게!

일동(一同) 합창(合唱) "가을나비"

- 정인섭(鄭寅燮) 요(謠) ┃ 정순철(鄭淳哲) 곡(曲)

一. 햇볕 쪼인 가을 날에 농부 하나가
　　 낫을 들고 밭 가운데 앉아 있다가
　　 지나가는 나비 하나 흘겨 보고서
　　 무심히 두 나래를 베었습니다.

二. 나래 잃고 떨어진 작은 나비는
　　 호박꽃에 몸을 숨겨 누웠습니다
　　 열-매도 맺지 못할 잠자리건만
　　 그-래도 옛-정을 잊지 못해서.

고요히 막(幕)

동화극

숲속의 겨울

전1막

백합어린이회

동화극 **숲속의 겨울**

전 1 막

백합어린이회

인물(人物)

사자대왕

꿩 아주머니

작은꿩(그의 딸)

여우

토끼

까마귀

기타 작은새들_ 1, 2, 3, 4.

때_ 겨울

곳_ 어느 숲속

막(幕) 열기 전 새들의 합창(合唱)

해 저무는 겨울 하늘 쓸쓸도 한데
너풀너풀 바람 싣고 눈이 오는구나.
눈이 오는 이 숲속은 살 수 없으니
가자 가자 저 마을로 어서들 가 보자
  - 정순철(鄭淳哲)「돌아오는 배」곡(曲)과 동일(同一)

무대(舞臺)

숲 속- 군데군데 돌조각이며 풀이 잔뜩 깔려 있다. 그리고 눈이
와서 희끗희끗하게 해 놓는다. 배경은 멀-리 산이 보이는 울창
한 숲(森)으로 그려 놓는다. 무대 좌우에는 4, 5본(本)의 굵다란
나무를 만들어 세워 놓는다.

(조금 쓸쓸한 음악소리가 들리며 막이 열리자 새들이 下手로부터 등장)

새1 자- 얘들아. 인제 우리 저- 사람 사는 마을로 나가 보자.

새2 그래 그거 좋다. 이렇게 눈이 와서는 이- 숲 속에서야 무엇 먹
     을 것이 있어야지.

새1 그러기에 언제까지라도 꿩 아주머니가 쌓아 놓은 음식을 얻어
     먹어서는 안 되니까.

새3	그래 그래. 우리들이 봄에 꽃 속을 날며 놀던 그때도, 또 더운 여름에 서늘한 나뭇가지로 다니며 낮잠만 자던 그때에도 꿩 아주머니는 정말 먹을 것만 구해 두느라고 일만 하고 있었지!
새4	얘 저거 봐라. 저-기 저 산에는 또 눈이 오는구나.
새1	점 점 이 숲 속으로 몰려오니 얼른 저-아랫마을로 가자.
새1	그러는 수밖에 없다.
일동(一同)	자-가자. (序曲 합창)
새4	얘들아 저-기, 꿩 아주머니가 오신다.
새1	참 잘 되었다. 우리 인사를 하고 떠나가자.
	(꿩 아주머니 작은꿩과 등장)
일 동	(작은꿩에게) 아유, 너도 오는구나 잘 있었니?
꿩	그래 그동안 잘들 있었냐?
작은꿩	너희들 잘들 있었니!?
꿩	(얼마간 놀란 듯이) 아니!? 그런데 여럿이 모여서 어디를 가는 길인가?
새1	네! 우리 여럿이 저-마을로 가기로 했답니다. 이렇게 눈이 와서 어디 살 수가 있어야지요. 저쪽 산에는 지금도 눈이 쏟아붓는데요 뭐! 곧 이 숲 속으로 올 것입니다. 눈이 오면 먹을 것을 찾아다닐 수가 있어야지요. 눈이 더 오기 전에 마을로 내려가서 좋은 곳을 보아 두려고 합니다. (사이) 아주머니께 오랫동안 폐를

끼쳐서 무어라고 말씀 드려야 좋을지 여럿을 대신해서 인사를 드립니다.

꿩　그렇게 말을 하면…. 뭐- 나는 있는 것을 나눠 주었을 뿐이니까.

새2　참으로 고맙습니다. 그렇지만 아주머니께서는 힘들여서 모으신 것을 그렇게 염치 없이 먹을 수는 없습니다. 저- 마을로 가면 어떻게라도 되겠지요.

꿩　그렇게 말을 하면 나도 억지로 말릴 수는 없으니까. 만약에 힘이 부치든지 어려운 일이 있으면 언제든지 돌아들 오게. 내 반가이 맞아 줄 테니….

일 동　참 고맙습니다. 그러면 아주머니 안녕히 계십시오. 작은새야 잘 있거라.

꿩　참으로 섭섭한데. 애도(작은꿩) 제 동무가 없으니까 퍽 쓸쓸할 테구. 그럼 여럿이 조심해서 다 잘 가게!

일 동　아주머니 안녕히 계세요. 너도 잘 있거라.

꿩　잘들 가게! 조심들 하게!

작은꿩　애들아, 잘 가거라.

(새들 퇴장. 꿩은 한참 동안 바라보고서 옆에 있는 돌에 앉는다)

꿩　아 다들 가고야 말았구나. 아이 참 가엾어라. 가서 좋은 곳이나 찾았으면 좋겠구만두….

작은꿩　어머니! 왜 사람 사는 마을로 갔수? 나는 동무가 없어서 심심해!

꿩	추워졌으니까 가는 거란다. 눈이 와서 저희 집들은 눈에 덮이고 또 숲속이 덮여서 먹을 것을 얻지 못하게 되니까 마을로 간 것이란다. 그 새들은 겨울이 올 것을 잊어 버리고 봄에는 즐겁게 놀고 또 여름에는 서늘하게 잘 지내었기 때문에 먹을 것을 장만 못해서 먹을 것을 찾으러- 또 있을 곳을 찾으러 마을로 가는 거란다.
	(한참 동안 무슨 생각을 하고 있다. 그때 눈이 온다. 눈 오는 것에 놀라며)
꿩	아! 눈이 눈이 또 오는구나. (하늘을 본다)
작은꿩	어머니 집에 가!
꿩	(일어서며) 그래 얼른 가자. 눈이 많이 쌓이기 전에 얼른 가자. (꿩 모녀 퇴장, 잠시 空虛, 눈은 역시 온다. 이때 여우, 토끼 등장)
여 우	나는 인제 더는 못 가겠어.
토 끼	나도 눈이 그칠 동안 이 나무 밑에서 잠깐 쉬었다 갈 테다.
여 우	나는 벌써 사흘 전부터 아무 것도 안 먹었는데-. 내 배 좀 봐라. 이렇게 들어가지 않았니?!
토 끼	나는 그저께 고구마 뿌리만 조금 먹었을 뿐이다.
여 우	아! (한숨을 내쉰다)
토 끼	너는 언제든지 좋은 생각을 많-이 내 놓지. 이럴 때에 무슨 좋은 수가 없나 생각 좀 해 보아라.

여 우	이렇게 배가 고픈데다가 춥기까지 하니 생각커녕 아무 것도 안 난다.
토 끼	얘! 그럼 사자 대왕께 원(願)해 볼련!
여 우	글쎄. (어려운 듯, 사이, 이때 까마귀 등장)
까마귀	눈이 와서 참 좋은데 얼른 가야지.
토 끼	까마귀님!! 잠깐만 거기 계세요.
까마귀	(놀란 말로) 앗 깜짝 놀랐네! 아 토끼님하고 여우님이십니까?
토 끼	그런데 어디를 가는 길입니까?
까마귀	저- 동리(洞里)로 가는 길예요. 이렇게 눈이 와서는 이 숲 속에 있을 수가 있어야지요. 작은새들도 마을로 갔다고 지금 저기서 꿩 아주머니께 들었는데….
토 끼	그럼 할 수 없는데!
까마귀	나하고 같이 가는 게 어떤가?
토 끼	나는 그만두겠어. 단박에 사람 아이들한테 보이며는, 또 개도 데리고 와서 나를…!
까마귀	그럼 여우님은 어떻게 할 테요?
여 우	나도 그만두겠소. 요새는 사람들도 나한테 속지를 아니하고 또 거기다 내 가죽을 좋아하기 때문에 사람에 눈에 띄기만 하면 마지막 날이니까.
까마귀	그러면 나 혼자 가 볼 수밖에 없군! 빨리 가지 않으면 안 되겠는

데! (퇴장, 사이)

여　우　토끼 군, 좋은 생각이 났네. 꿩 아주머니 말야. 그 아주머니가 쌓
　　　　아 둔 양식을 사자 대왕께 잘 말해서 우리랑 나눠 갖게 하잔 말
　　　　야.

토　끼　애 그것 좋은데. 자! 그럼 얼른 사자대왕이 오실 때가 되었으니
　　　　여기서 기다리자. (잠깐 침묵. 대왕 上手로 등장)

대　왕　오! 눈이 점점 많이 오는군. 새들이 마을로 가는 것도 무리는 아
　　　　닌데…. 그렇게 해서라도 이 겨울을 잘 지냈으면 좋으나 그래
　　　　도 이렇게 눈이 많이 와서는 좀 어려울 걸! (무대 중앙까지 왔을 때
　　　　여우, 토끼 쫓아온다)

여　우　사자 대왕님!! 토끼 군과 둘이 마중을 나왔습니다. 안녕히 다녀
　　　　오셨습니까?

대　왕　응 참으로 수고들 했네. (사이) 눈이 아까보다 덜 오는데 잠깐만
　　　　쉬었다 갈까! (사자 옆나무 토막에 앉는다)

대　왕　날마다 날마다 이 숲 속은 눈이 와서 덮이는데-. 그리고 쓸쓸
　　　　해지는데….

여　우　(단정을 고치며 공손히 절을 하며) 사자 대왕님, 저희들이 대왕께
　　　　원(願)할 게 하나 있습니다. 이 토끼 군과 별 생각을 다- 해 봤지
　　　　만- 그래도 대왕께 원하는 게 제일 좋을 것 같아서….

대　왕　아니 무슨 원인가?

여 우	다른 것이 아니라 저희들 좀 살려 주셨으면…. 숲 속에 이렇게 눈이 많이 와서야 어디 먹을 것을 구할 수가 있습니까 원…. 저는 사흘 전부터 아무 것도 안 먹었답니다.
토 끼	저는 그저께 고구마 뿌리를 조금 먹었을 뿐입니다.
대 왕	그래서 어떻게 하란 말이야?
여 우	대왕님!! 대왕님께서도 아시는 바와 같이 꿩 아주머니는 양식을 퍽 많이 쌓아 두지 않았습니까? 벌써 며칠째 같이 다니면서 먹을 것을 얻지 못해서 배고픈 저희들에게 어떻게 좀 나눠 먹게 하도록 말씀해 주실 수가 없을까요?
대 왕	-무언(無言)-
여 우	대왕님, 어떻게 좀 꿩 아주머니한테 잘 말 좀 해 주세요. 대왕님의 말씀이면 꿩 아주머니도 좋아서 저희들에게 나눠 줄 걸요. 뭐!
토 끼	대왕님!! 원(願)입니다. 저희들이 이 한겨울을 잘 지내게 해 주셔야 하지 않겠습니까?!
대 왕	(한참 후에) 그래 날보고 꿩 아주머니가 쌓아 놓은 양식을 너희들에게도 좀 나눠 주도록 말을 해 달란 말이지!
여우,토끼	네!
대 왕	(똑 끊어서) 나는 모르겠다. 나는 그런 말을 못 하겠으니 그런 줄 알아라.

여 우 어째서 그런 말을 못 하십니까? 꿩 아주머니며 저희들은 다 같이 대왕님을 받들고 이 숲속에서 일을 하고 있지 않습니까? 그런데 저희들은 주린 대로 있고 꿩 아주머니만은 즐거운 봄을 기다리고 있고!! 제발 살려 주십시오. 저는 지금이라도 쓰러질 것 같습니다.

대 왕 나는 모른대도 그래. 꿩 아주머니와 그 애들은 먹을 것에 아무 걱정 없이 겨울을 지내는 것이 당연하며 너희들이 그렇게 굶는 것도 할 수 없는 일이야. 가엾기는 하지만 어떻게 할 수가 없는데!

여 우 그것은 어째서 그렇습니까?

토 끼 참 저희들은 어떻게 했으면 좋을는지요?

대 왕 (큰 소리로) 음! 잘 들어 봐! 너희들은 꿩 아주머니가 무엇 때문에 겨울을 아무 걱정 없이 지내는 줄 너희들은 생각해 봤나? 그 꿩 아주머니가 언제 어디서 먹을 것을 장만해 두었는지 생각한 적이 있나? (점잖게) 봄부터 여름까지 꿩 아주머니는 저의 알을 따뜻하게 하며 부지런히 일을 해서 쌓아 두었지. 그런 때에 너희들은 무엇을 하고 있었느냐 말야? 봄과 여름에는 게으름을 피며 놀고만 있고서는. 거기다가 부지런히 일을 하고 있는 꿩 아주머니더러 무엇이라고 놀려주었는지 나는 잘 알고 있어! 잘 생각을 해 봐! (여우와 토끼도 아무 말 없이 지나간 일을 생각하는 듯 머리를 숙이고 아무 말 없이 있다. 이때 처량한 음악 소리가 들려온다)

토 끼   (한참만에 머리를 들며 훌쩍이며) 대왕님!! 잘못했습니다. 먼저부터 저는 배고프고 추워서 공연히 꿩 아주머니를 얄미웁게 보았습니다. 대왕님 잘 알았습니다. 정말로 쓸데없는 말씀을 드렸습니다. 용서하여 주십시오. (사이) 저는 어렸을 때에 저의 할아버지한테 들은 말씀을 생각해 냈습니다. 「나는 그 걸음이 느린 거북이와 경주를 해서 졌다. 마음을 턱 놓고 자고 있었단다. 그래서 사람의 아이들에게 웃기며 또 노래로도 불리운단다. 게으름을 피지 말아라. 낮잠을 자서는 안 된다.」 이런 말씀을 들었습니다. 대왕님!! 저는 이 말을 잊어 버리고 봄과 여름에 이 꽃나무 저 꽃나무 밑으로 다니며 서늘하고 좋은 나무 그늘에서 게으르게 낮잠만 자고 지냈습니다. 지금 와서는 누구를 원망하겠습니까? 다만 저의 게으른 탓이겠지요.

여 우   대왕님!! 저도 이제야 눈을 떴습니다. 대왕님께 원한 것을 한없이 뉘우칩니다. 저는 지나간 일을 생각 안 하고 지금 당장 일만 생각하고 그랬습니다. 지나간 봄과 여름 일을 생각하면 어느 구멍으로라도 들어가고 싶습니다. 저는 장난만 하고 지냈습니다. 대왕님!! 저의 잘못을 용서해 주세요. 저는 이렇게 고생을 하며 지내는 것이 당연합니다.

대 왕   음 알았나? 정신을 차렸나?

(셋이 無言, 사이, 나무 뒤에서 꿩 아주머니 등장)

꿩	대왕님 안녕하십니까? 아- 여러분들 안녕하십니까?
대 왕	아! 꿩 아주머니인가!
토끼,여우	아! 아주머니십니까?
꿩	대왕님!! 저는 뒤 나무 그늘에서 지금까지 하신 이야기를 잘 들었습니다. 여우님과 토끼님들이 요새 걱정이실 것입니다. (사이) 대왕님!! 저는 저의 양식을 다- 나눠 드리겠습니다. 다- 같이 겨울을 지내지요 내가 부지런히 일을 해서 쌓아 놓은 양식을 가지고 여러분을 도와 드리는 일은 참으로 즐거운 일입니다.
대 왕	아! 참으로 잘 말했소. 나는 인제 아무 말도 안 하겠소. 그저 깊이 깊이 인사를 할 뿐이야.
여 우	그렇지만 그것은….
토 끼	참으로 고맙습니다.
꿩	아니 인제 다- 말하지 말아요. 나는 당신네들이 마음 좋게 잘 알았으면 즐거우니까. 그러니 양식을 받아 주겠습니까?
대 왕	여우 군과 토끼 군!! 인제서야 눈이 떠졌지!! 그러니 꿩 아주머니께서 주는 양식은 받는 것이 어때!?
여 우	참으로 감사합니다. 이 은혜는 결코 안 잊어 버리겠습니다.
꿩	별 말을 다 하는구료! 인제는 눈도 안 오는데 그래! 하 하!!
대 왕	하 하 하! 눈이 그쳤는데-. 하 하 하!

- 평화(平和)한 음악이 나며 막(幕)

폐막(閉幕) 후(後) 합창 "눈"

- 남대우(南大祐) 요(謠) | 윤선영(尹善永) 곡(曲)

눈 눈 보슬 눈

어제도 보슬 오늘도 보슬

보슬 보슬 나리어 온 세계를 이뤘네.

밤에도 사뿐 낮에도 사뿐

사뿐 사뿐 나리어 하얀 꽃이 피었네.

2부

작품해설

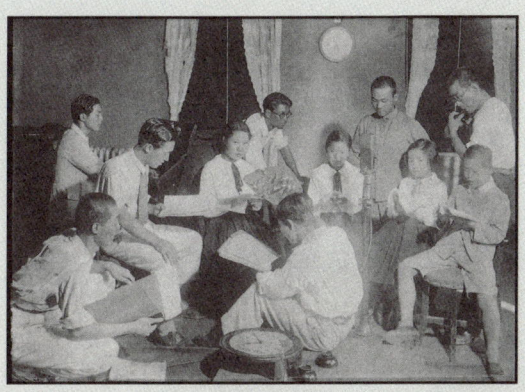

1393년 8월 27일 李晟祚 작 "즐거운 저녁" 박의섭 지휘 백합어린이회원들과 방송장면

(좌측 둘째줄 첫번째 박의섭)

통암 박의섭의 방송동극 연구

윤 석 산 한양대 국문과 교수

1. 서론

우리나라에서 전파를 타고 방송이 시작된 것은 1927년이다. 1926년 2월 15일 경성방송국 설립을 위한 발기인 총회가 열리고, 넉 달이 지난 6월 7일 경성방송국 신축공사 기공식이 거행된다. 그러므로 일제는 민간단체들의 자발적인 방송국 설립 요구와 열망을 묵살시키고, 조선총독부의 식민통치 수단의 일환으로 단일한 '경성방송국' 설립을 추진하게 된다. 그리하여 서울 오늘의 정동 1번지에서 1927년 2월 16일 '우리'에게 방송권이 주어지지 않은 상태 속에서 처음 한국의 방송 전파가 퍼져 나갔던 것이다.

방송의 내용은 음악과 뉴스 등으로 편성이 되었다. 이러한 프로그램과 함께 '방송극' 역시 편성이 되어 방송되었는데, 초창기 방송극은 '무대 실황중계'로부터 그 출발을 한다. 극장에 마이크를 가설하고 아나운서가 연극을 보면서 중계해 주는 것으로 '방송극'을 대신했던 것이다.[1] 무대극 실황중계를 통한 방송극의 첫 방송은 개국한지 한 달이 지난 1927년 3월 18일이 된다.

그러나 무대극 실황중계를 통한 방송극은 음향이 깨끗하게 처리가 되기가 어려웠다. 인사동의 조선극장이나 서대문의 동양극장, 태평로의 부민관 등지에서 실황을 중계하는 것이기 때문에, 이들 극장에는 방음장치, 흡입장치 등이 없고, 또 소리의 거리감을 살릴 수가 없었기 때문이다. 그래서 그 다음 단계로 연극대본을 방송국 스튜디오에서 연극배우들이 실감나게 읽어나가는 형식인, 오늘의 방송극으로 발전하게 된다. 그 이후 방송극 전용작가와 성우가 등장하게 되고 방송극 시대가 본격적으로 열리게 된다.[2]

통암統菴 박의섭朴義燮은 1917년 6월 17일생으로, 올해 92세의 연세로 아직 생존하고 있는 인물이다. 10세 때에 어머니를 여의고 그 다음해인 1928년 10월 5일에 당시 천도교 종리사宗理師이며 천도교 청년동맹 대표, 그리고 신간회新幹會 총무간사總務幹事였던 부친 현파玄波 박래홍朴來弘이 불순한 세력의 사주에 의해 무참히 피살당하게 되어,[3] 11세의 어린 나이에 두 부모를 모두 잃게 된다.

그러나 5남매 중 장남인 박의섭은 천도교天道敎 제4세 대도주大道主인 할아버지 춘암春菴 박인호朴寅浩의 장손으로 엄격한 가정교육을 받으며 성장기를 보낸다. 재동소학교를 졸업한 후, 보성중학교에 입학을 하여 다녔으나, 1931년 동맹휴학으로 무기정학을 받고는 보성중학교를 자퇴한다. 이후 YMCA. 정규 영어반을 다녀, 이를 수료한다. 또한 경성실천 부기학원을 다녀 1938년 5월 20일에 졸업을 한다. YMCA에서 정규 영어반을 다니며 익힌 영어로 광복 후 미군정의 통역 일을 하기도 했고, 경성실천 부기학원에서 공부를 한 것은 훗날 방속국을 그만 둔 이후 실질적인 생활에 많은 보탬이 되기도 하였다.

　박의섭이 방송과 처음 인연을 맺은 것은 1936년인, 그의 나이 불과 19세 때이다. 이렇듯 아직 어린 나이로 자신의 꿈을 실현하기 위하여 방송국의 문을 두드렸고, 처음에는 방송국 성우로 그 출발을 한다. 성우로 그 출발을 하였지만, 방송국에 입사를 한 박의섭은 같은 해 11월 15일 평안남도 대동군 오야리 130번지에서 개국한, 부산 방송국에 이어 우리나라 두 번째 지방 방송국인 평양 방송국 개국 실황 중계를 맡아 하기도 한다. 이 중계방송이 우리나라 최초의 실황 중계이기도 하다. 그러나 이 실황 중계의 내용에 문제를 삼아 일경에 연행이 되는 사태를 빚기도 한다.[4] 다음 해인 1937년 2월에는 정인섭 작의 「백로의 죽엄」을 직접 지휘(연출)하여 방송을 내보내기도 한다. 이가 바로 박의섭이 방송극과 직접적으로 인연을 맺은 그 첫 번째 일들이기도 하다. 성우로 또는 아나운서로, 마침내는 방송극 연출자로 방송국과 인연을 맺으며 그 출발을 했던 것이다.

　그 후 방송극을 직접 쓰기도 하고, 또 전래의 우리 설화나 소설들을 각색하기도 하며 많은 방송극 활동을 한다. 1941년 태평양 전쟁의 발발로 일제의 연예프로 방송중단 조치가 될 때까지 많은 아동극과 동요곡 등을 창작 발표하며 활동을 한다. 1942년 일제의 한국어 방송 중단 조치 이후로 방송활동을 마감하게 되었으며, 당시 미국과 상해로부터 단파방송短波放送을 밀청密聽한 사건으로 방송국 직원들이 일본 경찰로부터 많은 고초를 당하게 되자,[5] 충남 서산의 처갓집 근처로 피신하여 생활을 하다가, 그곳에서 해방을 맞이한다. 그러나 그 이후 방송국과는 인연을 끊고 지금까지 살아오게 된다.

본 논문은 우리나라 초기 방송극, 특히 아동극을 직접 창작하거나 각색을 하여 활동을 한 박의섭의 방송동극에 대한 연구이다. 이 자료들은 그간 밝혀지지를 않았던 것으로, 그의 아들 박기성에 의해 처음 공개된 자료이다. 이들 자료는 초기 우리나라 방송극, 특히 아동극의 모습을 살필 수 있는 좋은 자료라고 여겨진다. 따라서 본 연구는 박의섭의 방송동극 극본을 통해 우리나라 초기 방송동극의 실체를 고찰하고, 이에서 박의섭이 보여주었던 방송동극을 통해 식민지 시대에 당시 아동들에게 어떠한 꿈을 심어주고자 하였는가를 찾아가고자 하다.

특히 현재 한국방송공사에도 1945년 광복 이전의 자료가 전무한 사실로 미루어 보아, 이 자료[6]는 매우 소중한 자료가 아닐 수 없다. 이들 발견된 자료를 소개한다는 사실만으로도 충분한 가치가 있을 것으로 판단된다.

2. 박의섭과 천도교, 그리고 예술에의 눈뜸

앞에서 잠시 이야기한 바와 같이 박의섭의 할아버지는 우리나라가 일제의 침탈로부터 어떠한 희망조차 갖지 못하던 1938년, 일제의 패망과 조국의 독립을 기원하는 무인멸왜기도戊寅滅倭祈禱[7]를 전국의 천도교인들에게 밀령으로 내렸던, 천도교 4세 대도주인 춘암 박인호이다. 춘암 박인호는 동학혁명 당시 덕의대접주德義大接主로 충청도 일대의 동학군을 통솔하여 참가를 하였고, 훗날 의암 손병희로부터 천도교의 종통宗統을 선수받아 동학·천도교의 4세 대도주大道主가 된, 당시 천도교의 교주이다. 또한 아버지 현파 박래홍은 1926년 6·10 만세운동을 기획했던 인물이며, 이 만세운동이 결실을 보지 못하자 민족단일당인 「신간회」 활동에 적극적으로 가담하여 피살을 당하는 그 순간까지 독립을 위하여 열정적으로 운동을 하던 사람이다.

이와 같이 천도교의 중요한 교역자로, 또는 독립운동가로 생애를 살아온 춘암 박인호를 할아버지로, 현파 박래홍을 아버지로 둔 박의섭은 어려서부터 천도교인으로 성장하게 된다.

박의섭이 어린 시절을 보내던 1920년대는 비록 일제의 의도된 문화정책에 의한 허용이기는 하지만, 이로 인해 다소 허용된 언론의 자유와 함께 많은 문화운동이 각 분야에서 일어나던 시기이기도 하다. 특히 이 시대에 들어 천도교단을 중심으로 출판, 언론 등의 문화운동이 활발하게 일어나고 있었다. 그런가 하면, 천도교를 중심으로 청년운동, 여성운동, 어린이 운동, 농민운동 등도 역시 많이 일어나던 때이기도 하다.

특히 1920년대 당시로서는 대단히 큰 건물인 천도교 대교당[8]과 1924년 동학 · 천도교를 창시한 교조 수운 최제우 선생 탄신 100주년을 기념하기 위하여 지은 대신사 탄신 100주년 기념관은 우리나라의 중요한 정치적, 사회적 이슈를 띤 강연회와 각종 문화 행사가 열리던 곳이기도 하다. 백년 기념관에서는 최승희의 무용발표를 비롯하여 문예 대강연, 음악회, 동화, 동요, 동극 대회, 동극가곡대회, 동극 공연 등 수많은 문화행사가 수시로 열리곤 했다. 또한 천도교의 가장 큰 기념일인 천일기념일天日紀念日에는 기념식에 이어 각종 예술 발표가 진행되어, 장안의 많은 사람들이 이 예술 공연을 관람하기 위하여 모여들곤 하였다.

그래서 천도교 집안에서 태어났고 성장한 박의섭은 어린 시절부터 이 천도교 대교당이나 백년 기념관에서 열리는 각종 예술 공연이나 어린이 동화,

동요, 동극 대회 등을 수시로 접하고 또 관람을 할 수 있는 기회를 가질 수가 있었다. 꿈 많은 소년 박의섭은 바로 이와 같은 천도교의 예술 활동과 공연, 또 대교당과 기념관에서 열리는 각종 예술 공연을 관람하며 예술가로서의 꿈을 키워나간다.

특히 천도교 3세 교주인 의암 손병희의 셋째 사위인 소파小波 방정환方定煥이 주도하여 일으킨 어린이 운동은 우리나라에 최초로 '어린이 날'을 제정하는 계기를 마련하기도 하였고, 『어린이』 잡지를 창간하여 식민지 어린이들에게 새로운 세계에의 꿈을 심어주기도 하였다.

박의섭은 방정환의 아들인 방운용과는 같은 나이로, 어려서부터 방정환의 집을 드나들며 친구의 아버지이며, 천도교인인 방정환으로부터 많은 가르침과 영향을 받는다. 방정환은 어린이 운동가이며, 아동문학가이지만, 당시 더 더욱 명성을 날리게 한 것은 방정환이 아주 뛰어난 동화구연가童話口演家였다는 사실이다. 방정환이 동화를 구연하면, 아이들은 물론 인솔한 교사까지도 눈물을 흘리며 들었다고 한다. 그런가 하면, 늘 일경日警의 감시 대상이었던 인물이었기 때문에 동화를 구연하는 장소에도 일본 경찰이 들어와 있었다고 한다. 방정환의 동화구연이 얼마나 구슬펐는지, 감시를 하던 일경마저 눈물을 흘렸다는 일화도 전한다.[9]

이와 같은 방정환의 동화 구연은 주로 천도교 대교당이나 기념관에서 마련되곤 했다.[10] 그러므로 천도교인인 박의섭 어린이도 자연 방정환의 동화 구연을 듣고, 그 동화에 감동이 되어 눈물을 흘리며 자란 어린이의 한 사람이 된다. 박의섭이 처음 성우로서 방송국의 문을 두드리게 된 것도 바로 방정환으로부터 듣던 동화구연의 영향이 매우 컸던 것으로 생각된다.

또한 방정환에 의하여 어린이 운동이 일어나자, 전국 각처에서도 어린이 운동이 일어나, 많은 '소년회'가 발족되기도 하였다. 이렇듯 일어나던 소년 운동과 함께 종로구 가회동嘉會洞 일대의 소년들을 중심으로 '취운소년회翠雲少年會'가 발족되기도 한다.[11] 취운소년회라는 이름은 삼청동에 있던 정자인 취운정翠雲亭에서 그 이름을 딴 것이다.

1920년대 당시 천도교인들은 천도교 중앙대교당이 자리한 경운동慶雲洞이 가까운 북촌 일대에 많이 살았었다. 재동, 계동, 화동, 가회동, 삼청동 등지에 오밀조밀 모여 천도교인들이 가정을 이루고 살았다. 따라서 천도교인 어린이들도 이 취운소년회에서 벌리는 많은 어린이 행사[12]에 참가를 하게 된다. 박의섭 역시 다른 천도교인의 어린이들과 같이 취운소년회에서 여는 많은 문화, 예술 활동을 관람하기도 하고, 또 참가하기도 하며 어린 시절을 보낸다. 그런가 하면, 방정환은 당시 북촌 일대에 살고 있는 천도교 어린이들을 삼청동에 있는 취운정에 모이게 하여 어린이들에게 동화를 들려주기도 하고, 또 많은 이야기를 해주며 어린이들의 친구가 되 주기도 했다고 한다. 박의섭 역시 이러한 방정환의 어린이 모임을 비롯한 여러 어린이 모임에 적극 참가를 하며, 많은 동화, 전래동화, 동요 등을 듣고 공부하게 된다.[13]

이렇듯 박의섭은 천도교와 또 취운소년회, 방정환이 이끄는 모임 등을 통해 당시 어린이 운동에 앞장을 섰던 많은 예술인들을 만나게 되고, 그들을 통해 직간접적으로 많은 영향을 받게 된다. 그러므로 어린이 운동가이며 동화작가인 방정환을 비롯해 당시 서양음악의 선구자인 홍난파, 박태준 등의 가곡과 정순철과 윤극영의 동요에 깊이 심취할 수 있는 기회를 가졌던 것이다. 이와 같은 영향 속에서 비록 체계적인 공부는 하지 못했지만 작곡을 하고 싶은 마음에 어린 박의섭은 화성법和聲法이나 기타 작곡을 위한 많은 전문 서적들을 구입, 탐독하며 아동극과 동요 작사, 작곡 등을 열심히 습작하여 주위로부터 많은 칭찬을 듣기도 한다.[14]

앞에서 잠시 이야기한 바와 같이 박의섭이 방송국의 문을 처음 두드린 것은 성우聲優로서이다. 성우로 방송과 인연을 맺은 박의섭은 자신이 지닌 재능을 충분히 발휘하여 방송대본을 쓰는 작가로, 또는 연출가로, 동요를 쓰고 작곡을 하는 작가로, 때로는 방송극에 직접 출연을 하는 본연의 성우로 활동을 하게 된다.

박의섭이 처음 방송동극에 참여를 한 것은 1937년, 그의 나이 만 20이 되어서이다. 1937년 2월 13일자로 방송이 된 정인섭 작의 「백로의 죽엄」을 연출하므로 방송동극을 시작한다.[15] 이후 박의섭은 방송극이 여러 예술이 모여서 이룩된다는, 종합예술의 성격을 지닌 것임을 깊이 인지하고, 여러 예술인들의 모임 단체인 '백합어린이회'를 창단하기도 한다. 그러므로 백합어린이회를 통해 누구는 대본을 쓰고 누구는 연출을 맡고, 누구는 효과를 맡는 등, 어린이 방송극을 본격적으로 방송을 통해 전개해 나가게 된다. 이러한 백합어린이회를 통해 발표한 첫 번째의 방송동극은 우리 고전소설인 「심청전」을 본인이 각색한 「심청」이라는 작품이다. 이가 1937년 9월 27일자로 방송이 되었고, 연 4회로 연속 방송이 되었다.

이와 같은 백합어린이회의 결성과 이를 통한 방송 활동을 하는 한편 박의섭은 천도교를 통해 방송동극 활동을 하기도 한다. 앞에서 이야기한 바와 같이 소년 시절을 보낸 천도교에서, 차츰 나이가 들어감에 박의섭은 천도교 청년동맹의 회원이 된다. 당시 천도교 전위단체인 청년회는 많은 사회 계몽

운동을 전개한다. 이 청년회를 '천도교 청년동맹'이라고 이름했다. 이러한 천도교 청년동맹은 산하에 소년부를 두어 소년운동을 또 별도로 전개하기도 했다. 박의섭은 천도교 청년동맹 회원이 되면서, 천도교 청년동맹 소년부에서 음악과 연극 지도를 맡아 소년들을 지도하게 된다.

천도교 청년동맹 산하 소년부를 지도하게 된 박의섭은 소년부 지도를 통해 자신이 직접 창작한 작품인 「의리 있는 호랑이」를 방송극으로 제작하여 방송하기도 한다. 이때에도 자신이 쓴 대본의 출연을 직접 맡기도 한다.[16] 그러므로 천도교 소년회가 주최가 되고, 박의섭이 대본을 쓰고,[17] 또 연출을 한 방송동극이 당시 제2방송의 정기 라디오 드라마로 방송이 되기도 한다.

이렇듯 백합어린회를 통해, 또는 천도교 소년부를 지도하며 연출을 하거나 각색, 또는 창작한 방송극 드라마를 박의섭은 지속적으로 경성방송국 제2방송을 통해 발표를 한다. 이러한 활동을 지속하며 박의섭은 방송국에 고정으로 출연을 하다시피 하게 된다. 이후 박의섭은 「누나의 병」이라는 창작 아동방송극을 창작하여 경성 방송국 제2방송에서 방송 드라마로 발표를 하는가 하면,[18] 「돌아오신 아버지」를 연출하여 방송하기도 한다.[19] 이렇듯 활발한 활동을 하며 박의섭은 방송동극 작가, 연출가로서 자리를 확보해 나가기 시작한다.

이렇듯 박의섭은 어린 시절 천도교 대교당과 기념관에서 벌어지던 많은 동화 구연 대회, 또는 아동극, 음악회 등을 관람하고, 이들 공연에서 많은 영향을 받으며 자랐던 것이다. 또한 이와 같은 소년기, 또 청소년기를 거치면서 천도교 청년동맹의 산하 단체인 천도교 소년회의 연극과 음악을 지도하게 되었고, 이를 바탕으로 방송드라마의 연출자, 또는 작가로 활동을 하게 되었던 것이다.

3. 박의섭의 방송 동극 활동

오늘 확인되고 있는 박의섭 작의 방송동극은 모두 15편이다. 그 목록을
보면 다음과 같다.

작가	작품명	방송일자	비고
김순정(각색)	심 청	1937. 9. 27.	백합어린이회, 아동극
김순정	달 나 라	1937. 10. 20.	백합어린이회, 동요극, 효과
김순정	정희의 효성	1937. 12. 30.	백합어린이회, 동화극
김순정(각색)	잠 자 리	1937. 11. 22.	백합어린이회, 아동극, 지휘
김순정	의리잇는 호랑이	1938. 2. 5.	천도교소년부, 동화극
박의섭	도라오신 아버지	1938. 3. 13.	아동극
박의섭(각색)	어린이 세계	1938. 5. 18.	백합어린이회, 아동극
박의섭	경성-목포	1938. 5. 31.	라디오 여행
박의섭(각색)	여호의 재채기	1938. 8. 2.	백합어린회, 동화극
박의섭(편역)	외 투	1939. 1. 9.	라디오 소년소설
박의섭	달아달아 밝은 달아	1939. 10. 30	낭독극
박의섭	누나의 병	1939. 12. 10.	백합회, 아동극
박의섭	가 을 밤	1940. 9. 23.	백합어린이회, 아동극
박의섭	기차놀이	1941. 5. 14.	이화회출연, 동요극
박의섭	숲속의 겨울	미 상	백합어린이회, 동화극

여기서 김순정金順禎은 박의섭의 또 다른 이름이다. 또 박의섭은 그 이름
(朴義燮)을 한자를 달리하여 '朴宜涉'이라고 표기한 예도 있다. 이들 작품들
은 모두 1937년에서 1941년, 5년 사이에 방송이 된다. 그의 나이 21세에서 26

세이라는 청년시절이 이에 해당된다.

　박의섭은 자신이 직접 대본을 쓰거나 또는 각색을 하거나 연출을 한 방송 동극에 '아동극', '동요극', '라디오 여행', '동화극', '라디오 소년소설', '낭독극' 등의 별개의 이름을 달아 놓고 있다. 위의 표에서 보는 바와 같이 아동극이라고 이름된 것이 6편, 동요극이 2편, 동화극이 4편, 라디오 여행이 1편, 라디오 소년 소설이 1편, 낭독극이 1편, 이렇게 된다. 이렇듯 박의섭은 다양한 이름의 동극으로 자신이 발표한 방송극을 구분해 놓고 있음을 볼 수가 있다. 이렇듯 방송동극을 분류하고 있는 것은 다름 아니라, 매우 다양하게 어린이 방송극에 접근하고 또 제작하기 위함이라고 풀이된다. 즉 박의섭은 우리나라 라디오 방송극 초기에 동요극, 낭독극, 라디오 여행 등 다양한 모색과 실험을 통해, 방송동극을 그 내적으로 보다 확장시키고자 노력을 했던 것이다.

　그러므로 동요를 대화 사이에 삽입하고, 또 동요를 대화의 일부로 사용하므로 극적인 효과를 높이는 '동요극'을 쓰고 제작했는가 하면, '라디오 여행'이라는 타이틀로 마치 방송동극을 들으면, 먼 지역을 여행하는 것과 같은 실감을 느끼게 하는 방송동극을 꾸미기도 하였다. 또한 외국의 소설을 번안飜案하여 방송동극으로 꾸미어 '라디오 소년소설'이라는 타이틀을 부치는가 하면, 방송극이 지닌 대화를 마치 낭독하듯이 처리하므로 낭독의 효과를 얻고자 하는 '낭독극', 또는 전래동화나 서양의 동화를 방송동극으로 꾸며 방송하면서 '동화극'이라는 이름을 부치기도 했던 것이다.

　'동요극'이란 이름이 붙은 「달나라」와 「기차놀이」에는 많은 양의 동요가 삽입되어 있다. 「달나라」에는 나무꾼 아이들이 부르는 합창, 달나라에서 달나라 공주가 떨어뜨린 옥구슬을 찾으러 온 토끼가 부르는 노래, 옥구슬을 찾아주고 토끼를 따라 달나라로 올라가는 나무꾼 소년들의 합창, 달나라에서 공주가 옥구슬을 가지고 올 토끼를 기다리며 부르는 노래, 옥구슬을 가지고 토끼와 함께 돌아오며 부르는 노래, 옥구슬을 공주에게 전해주고 달나라에서 부모님을 모시고 함께 살게 된 나무꾼 소년들의 합창 등 많은 양의 합창이나 독창이 삽입되어 있음을 볼 수가 있다.

「달나라」의 일부분을 인용해 보면 다음과 같다.

曲 四
公主님의 그슬을 차지러 가서
보름이나 돼여도 소식 없으니
공주님은 날마다 애만 태우며
이날을 보낸답니다. (2回)

侍女 一 : 아이 고단해 죽겠네!

　　二 : 글세 마리다. 구슬을 차지러 간지가 벌서 이심여일(二十餘日)이나 되여도 아모 ㅅ호식(消息)이 없으니 웬일이냐? 아마 찾지를 못하엿는게지!

　　一 : 그래 차잤으면야 벌서 올 것이지!

　　二 : 글세 공주님은 구슬 때문에 밤낮 울고만 게시니 이걸 얻더케 하면 조흐냐? "설마 오늘은" 하며 기다린 것이 벌서 이십여일이 지났으니 공주님도 속상할 게 당연한 일이지!

　　一 : 얘 나두 공주님만큼 속상해 죽겠다 밤낮 잘 잠도 자지 못하고 여기 나와 바라

보며 기다리기 때문에 얼어케 고단한지 모르겟단다 애

二 : 글세 마리다 나도 죽겠다 얼른 좀 오지 무엇하는 거야!

一 : 가만 잇자 어데 몃칠인가 좀 따저보자. 하루, 잇틀, 사흘, 나흘, 닷세….아니
　　꼭 스무날이 되엿네!

二 : 머- 벌서 스무날이 되었어! (그때 공주 노래하며 登場)

曲 五

보름이나 기달려도 소식 없으니

이노릇을 엇지하면 조탄말인가

그 구슬은 별나라에 임금님께서

내 생일날 주고 가신 구슬인데요.

公主 : 아니 오늘도 아모 소식(消息)이 없어 보이지!

一 : 네- 아직 아모 소식 없음니다.

公主 : 이런 일을 엇저나! 그 구슬을 못 찾아오면 엇더케 하나! 그 구슬은 무엇보다
　　도 중(重)한 것인데!

- 「달나라」 2경 일부

　위에 인용된 부분에서 볼 수 있는 바와 같이, 삽입되고 있는 동요는 단순
한 동요가 아니라, 동극의 진행을 암시하는 해설의 기능을 하기도 하고, 때
로는 대화의 연속으로 쓰이기도 함을 볼 수가 있다. 즉 방송동극의 대화와
동요가 서로 어우러지며 음악의 효과를 충분히 높이는 방송동극이 진행이

되는 것이다. 이렇듯 '동요극'이라고 이름을 부친 박의섭의 방송동극은 마치 오늘의 뮤직 컬과도 같은 효과를 내고 있음을 볼 수가 있다.

또한 「기차놀이」에도 기차놀이를 시작하면서, 기차가 떠나는 것을 알리는 노래, 기차놀이를 끝내고 주인공인 원숙이 어머니 앞에서 원숙이 친구들이 부르는 노래들이 많이 나오고 있다. 즉 동극 속의 인물들인 영이, 춘자, 원숙 등의 노래가 삽입되어 있음을 볼 수가 있다. 이렇듯 그 방송극의 내용과 관련이 있는 동요를 많이 삽입하므로 대사와 노래를 함께 번갈아가며 진행하므로 방송동극을 보다 다채롭게 음악을 통해 이끌고 있음을 볼 수가 있다.

이들 삽입된 동요에는 별도로 동요 작시자나 작곡자의 이름이 부쳐져 있지를 않다. 그리고 그 작시의 내용도 동극 「달나라」나 「기차노리」에 나오는 대화들과 직접적으로 연결이 되고 있음을 볼 수가 있다. 이와 같은 면으로 보아, 이 동요극에 나오는 동요는 대본의 필자인 박의섭이 직접 쓴 동요임을 알 수가 있다. 또한 이에 부친 곡曲도 박의섭이 직접 작곡한 것으로 판단된다. 다른 방송동극에 나오는 동요에는 작시자와 작곡자의 이름이 기재되어 있다. 예를 들어 당대 쟁쟁했던 방정환이나 정인섭의 작시와 정순철, 윤극영 등의 작곡이라고 명기 되어 있다. 이와 같은 면으로 보아도 동요극인 「달나라」와 「기차노리」에 삽입된 많은 양의 동요들은 박의섭이 직접 작사를 하고 또 직접 작곡을 한 것들이 된다고 판단된다.

또한 '라디오 여행'이라고 분류가 된 「경성-목포」는 말 그대로 서울에서 목포까지 기차로 여행을 하면서 이야기하는 내용으로 되어 있는 동극이다. 즉 라디오 방송극을 통해 서울에서 목포까지 여행을 하는 것이 된다. 이 방송극의 주인공들이 벌리는 대화 속에는 각 지방의 특성이나 풍속, 경관, 특

신물 등이 그 내용으로 담겨져 있으므로 방송극을 듣는 사람에게는 마치 기차를 타고 여행을 하는 것과 같은 느낌을 주게 된다. 또한 안톤 체홉의 소설인 「외투」를 번안체로 편역하여 '라디오 소년소설'이라는 이름으로 방송을 하고 있는가 하면, 「달아달아 밝은 달아」는 '낭독극'이라는 이름으로 방송이 된다. 낭독극이 어떤 형태의 것인 지은 정확하게 알 수는 없어도 방송극이 지닌 연극의 요소, 곧 대화체보다는 낭독의 요소를 더욱 살려 극적 효과를 높이고자 했던 방송동극이 아닌가 생각이 된다.

즉 박의섭은 이렇듯 다양하게 어린이 방송극을 실험하고 또 새로운 효과를 주기 위하여 노력을 하게 된다. 비록 길지 않은 기간인 5년간이라는 시간이지만, 방송동극을 '동요극', '라디오 여행', '소년소설', '동화극' 등의 다양한 타이틀을 부치고 또 실험하므로, 우리나라 초기 방송동극을 그 내적인 면에서 다양한 방향으로 확장시키고자 노력하였음을 볼 수가 있다.

또한 박의섭은 방송동극의 대본을 직접 쓰는 것 이외에 연출이나 효과 등에도 직접 관여한 것으로 되어 있다. 아동극 「잠자리」에서는 지휘를 했다고 되어 있는데, 이때 지휘가 연출에 해당되는 것이다. 또한 동요극인 「달나라」에서는 효과를 직접 맡아 진행하기도 한다. 특히 「달나라」는 앞에서 언급한 바와 같이 많은 동요를 삽입한 동요극이다. 따라서 동요가 지닌 음악성을 보다 효과적으로 살리기 위하여 대본작가이며 동요 작시자, 나아가 동요 작곡가인 박의섭이 직접 음향의 효과를 담당했던 것으로 판단된다.

박의섭은 1937년, 그의 나이 만 20이 되던 해부터 1941년 일제에 의하여 태평양 전쟁이 발발이 되고, 이 전쟁 이후 일제가 일체의 연예 프로 방송중단 조치가 내려질 때까지 이렇듯 활발하게 활동을 했던 것이다. 방송국의 성우로 출발을 하여, 잠시 아나운서로 활동하기도 했고, 이어 방송동극 연출, 대본 집필, 동요의 작시와 작곡, 나아가 효과까지 다양한 분야에서 활동을 했던 만능 엔터테이너의 한 사람이었던 것이다.

4. 박의섭의 방송동극, 식민지 시대 어린이들의 꿈

1960년대까지, 즉 티브이가 일반화되기 전까지 라디오는 우리 생활의 중요한 매체였다. 라디오 뉴스를 듣는다거나 라디오 방송극을 듣는 것은 일반인들에게 있어 거의 생활화된 일이 아닐 수 없었다. 특히 라디오를 통해 흘러나오는 성우들의 구성진 목소리와 함께 전개되는 방송극은 당시의 서민들을 울고 웃기게 했던, 서민들의 가장 친근한 매체였다.

하물며 1960년대가 이러하였는데, 박의섭이 방송동극을 쓰고 방송하던 1930년대는 어떠했겠는가. 가히 미루어 짐작할 수 있을 것으로 생각된다.[20] 특히 방송국이 처음 개국한지 불과 10년뿐이 되지 않은 시점인 1930년대의 방송극은 당시 많은 사람들을 웃기고 울리는 가장 가까운 매체가 아닐 수 없었을 것이다. 이와 같은 시대에 박의섭은 매우 선구적으로 방송동극을 쓰고, 작곡을 하고 연출을 하여, 이를 전파라는 매체를 통해 방송을 하므로 식민지 시대의 어린이들에게 내일에의 꿈과 희망을 심어주었던 것이다.

개화기 이후 많은 선구적인 사람들은 우리나라로 새롭게 들어온 문물을 소개하고, 이를 통해 사람들을 교육하고자 노력을 했다. 그러므로 최남선은 1908년 일본 유학에서 돌아와 일본의 「철도가」에 흥미를 느끼고, 당시 경인선과 경부선이 개통이 되자, 그 씩씩하고 빠른 기차라는 신문명에 감탄을 하여 「경부철도가」를 짓기도 하다. 이와 같은 최남선의 「경부철도가」와 그 맥락을 같이 하는 「경성목포」를 박의섭은 방송동극으로 꾸며 방송을 한다. 그러나 최남선이 당시 새로운 문물이나 발전한 일본에 대한 감탄을 그 내용으로 삼은 것에 비하여, 「경성목포」는 경성인 서울에서 남쪽 끝에 있는 목포까지 기차로 여행을 하면서, 우리나라의 풍물이나 민속, 지방의 특색 등을 이야기하는 것으로 되어 있다.

　다음은 「경성목포」에 나오는, 기차 여행 중인 아저씨와 아이들의 대화 일부분이다.

아저씨 : 아 벌서 수원이로구나! 여기두 시간만 있으면 내려서 한번 구경할 만한 곳이다. 큰 고을일 뿐만 아니라 력사적으로 유명한 여러 가지 고적도 많고 경치 조흔 곳도 많다. 정거장에서 내려서 시내까지는 동쪽으로 한참 걸어가야 되는데 여기도 성이 있어서 보통 남문이라구 하는 팔달문으로 들어가서 번화한 거리를 죽-내려가면 북문이라구 하는 홍화문(虹華門)이 보이구 또 그바른 편으로 그러니간 시내에 동쪽으론 맑은 시내가 흐르며 방화수류정(訪花隨柳亭)이란 경치좋은 정자도 있다. 성이라든지 또 이곳에서 그리 멀지 않은 화산능이라든지 다- 가 볼 만한 곳이다. 그리고 참 이 바른편 창 밖을 좀 보아라. 큰 호수 같은 것이보이지. 그게 서호(西湖)라구 하는 호수야. 경치도 좋치. 그리고 그 왼편으로 넓은 들의 농사짓는 물이 모두 그 서호의 물이다. 그리구 저 멀-리 왼편 숲속에 보이는 거기가 수원고등농림학교(水原高等農林學校)구 그리고 그 뒤로는 농사시험장(農事試驗場)이 있어서 여기 이논이나 밭이 다- 농사시험장

의 것이란다. 농사가 다 잘 되었지-농사 짓는 모범을 보이는 거니깐-.

그리구 참, 이 바른편으로 쭉 뻗은 철도는 인천(仁川) 가는 게구, 왼편

것은 여주(驪州) 가는 철도란다. 알겠니? 웅 (중 략)

혜 련 : 아저씨 저-은진(恩津)의 돌 미륵은 굉장히 크구 유명하다는데 꼭 보고 가

야해요 네?

아저씨 : 그렇게들 원하면 그래 한두 군데 구경하구 가지. 어딜 내려서 보나?—올

치 바로 요 다음이 논산(論山)이니까 논산서 내려서 〈뻐스〉를 타구 얼른

은진의 미륵도 가 보구 또 이왕 내린 길이면 백제 나라때의 서울이었든

扶餘도 보구, 錦江 위로 배타고 江景으로 내려가서 다시 기차타고 가기

로 하자구나.

인경, 혜련 : 아이 좋아·

(효과) 기차소리-역부 소리 자동차 소리 -한참 사이-

아저씨 : 참 고요하고 좋은 곳이다. 저-기 절(寺)이 하나 보이지. 거기가 그 큰 미

륵이 있는 관촉사(灌燭寺)란 절이다. 점점 미륵님도 크게 뵈기 시작하

지

혜 련 : 아유 어쩌면 저렇게 커요. 아저씨 저 높이가 얼마나 돼요?

아저씨 : 키가 스믈세 '미돌' 이구 말이야 저 머리위의 갓만도 두 '미돌' 이나 된다

지. 자 그럼 어서 우리 부여로 기자.

인 경 : 아 정말 옛날 서울이었든 만큼 어떠케 쓸쓸한게 모두 값있어 뵈는지 몰으

겠어-.

아저씨 : 시간도 얼마 없구, 일일히 시내로 댕기면서 구경할 수 없으니까 우리 저-

부여의 뒷동산인 扶蘇山에 올라가서 내려다 보면서 볼 만한 것은 내 설

명해 주기로 하마.

인경, 혜련 : 네- 것두 좋와요. (사이)

아저씨 : 얘들아 바른편으로 바로 우리 발밑을 좀 보아라. 옛날 성(城)이 있지!? 그
게 반월성(半月城)의 남은 것이구, 멀리 뵈는 저 여러 절이든지 돌탑들
이든지 모두 백제나라 때의 서울이었든 남은 증거(證據)들이다. 그래 너
이들 생각에도 여기가 옛날 서울이었든 것 같으냐?

- 「경성-목포」 일부

인용된 부분에서 볼 수 있는 바와 같이 기차를 타고 가면서 각 지방의 역
사적인 유물이나 그 배경을 이야기하고 있음을 볼 수가 있다. 수원에 남아
있는 화성華城의 아름다움이나 은진미륵恩津彌勒의 장대함, 또는 백제의 옛 도
읍지인 부여에 남아 있는 여러 유적들을 아저씨, 인경, 혜련의 대화를 통해
상세히 이야기하고 있다. 나라를 잃었다는 비탄의 식민지 시대에 이와 같이
우리의 자랑스러운 역사나 그 유물, 지역의 특성들을 방송동극을 통해 실감
나게 이야기해 줌으로, 이를 듣는 당시의 어린이들에게 우리 역사에 대한
새로운 일깨움을 주고 있으며, 그러므로 우리 역사에 대한 자긍심을 갖게
하는 계기를 마련했던 것으로 생각된다.

그런가 하면, 「가을밤」이라는 동극을 통해, 귀뚜라미와 아이들을 출연시
키므로 아이들에 대한 교훈과 우리 고유의 명절인 추석에 대하여, 그 유래
를 자연스럽게 대화를 통해 전개시키고 있음을 볼 수가 있다.

명 자 : 그런데 말예요. 선생님 엇째서 팔월(八月) 대보름을 추석이라고 정해 노코

명절로 직히나요.

김선생 : 글세 마리다. 옛적부터 추석명절이라고 해 내려오며 의례 그날이 되면
그 해 햇곡식으로 떡을 해서 먹으며 즐기는 습관이 내려왔스니까 우리
들은 그저 따를 뿐이지

순　희 : 하여튼 추석 때는 조흔 때야. 여기 저기서 버레들이 듯기 조케 우름을 울
고 춥두 더웁지도 안어서 공부하기도 조코 참 요때가 제일 조흔 때야.

명　자 : 참 조흔 때고 말고…. 바람이 한들한들 불고 햇볏이 누엿누엿 모든 곡식
이 누러케 익어서 햇곡식도 먹게 되고…….

김선생 : 하여튼 조흔 계절이다. (사이) 그런데 앗가 생각이 잘 안 나서 이야기를
못햇는데 지금서야 겨우 생각이나는구나. 추석이란 명절(明節)이 지금
부터 이천여년전(二千餘年前) 신라시절(新羅時節)에 마리다 그 어느 임
금님 때인지 이젓지만 그 임금님께서 해마다 8월 보름께면 편을 갈러서
무슨 시합(試合)을 식혀서 이긴 편에는 만흔 상(賞)을 주는 노리를 햇는
데 이것이 연중행사(年中行事)로 되엿드란다. 가을의 중간에 생기는 일
이라. 중추가배절(仲秋嘉俳節)이라고도 하고 기냥 중추명절(仲秋名節)
이나 가배절(嘉俳節)이라고 이름을 붙여서 노리를 햇섯대 그래 지금도
흔히 추석을 중추절이니 가배절이니 하기도 한다. 자세는 모른다마는
그런 일이 잇서서 오늘날 까지 네려왔다고 하드라.

-「가을밤」의 일부

추석秋夕은 중국에도 없는 우리만의 명절이다. 바로 이러한 우리 고유의
명절인 추석의 역사적 유래에 관하여 김선생의 입을 통해 자연스럽게 설명

하고 있음을 볼 수가 있다. 『삼국사기』에 나오는 추석의 유래를 이렇듯 이야기해 줌으로, 식민지 시대의 어린이들에게 우리의 역사와 전통명절, 민속 등을 일깨워주고, 그러므로 우리 것에 대한 새로운 인식을 하게 하는 계기를 마련하고 있음을 볼 수가 있다.

박의섭의 방송동극은 이와 같은 우리 역사나 민속, 우리의 명절을 동극의 대화를 통해 알려주고, 그러므로 식민지 시대의 어린이로 하여금 민족의식을 고취시켜주는 한편, 우리의 교훈적인 전래 우화나 서양의 우화를 바탕으로 방송동극을 쓰고 제작하므로 이들 어린이들로 하여금 삶에서 무엇이 중요한 것인가를 일깨워주기도 한다. 나쁜 독수리에게 잡혀 죽음에 이른 토끼를 구하기 위하여 자신의 다리 살점을 주고 토끼를 구한다는 「의리 있는 호랑이」나, 거미줄에 걸려 날개가 부러진 벌을 구해준 토끼가 여우의 꾀에 속아 여우에게 잡히게 되자, 여우에게 잡혀 위험에 빠진 토끼를 벌들이 침으로 쏘아 다시 토끼를 구한다는 「여호의 재채기」가 바로 이들이다. 치악산 까치와 뱀의 설화와 같이, 자신이 받은 은혜를 보은報恩해야 한다는 선인들의 마음과 삶의 지혜를 이야기하고 있는 대목들이 아닐 수 없다.

그런가 하면, 가난하고 어려운 현실에서 굳굳한 모습으로 살아가는 어린이들을 그린 「돌아오신 아버지」, 「누나의 병」, 「어린이 세계」 등이 또한 있다. 어머니를 일찍 여의고 젖어미 손에서 자란 아이인 정옥이가 가난 때문에 돈을 벌고자 집을 나간 아버지를 다시 만난다는 이야기인 「돌아오신 아버지」는 가난한 현실 속에서도 밝고 바르게 자라는 어린이의 모습을 그리고 있다. 또한 병이 들어 아픈 누이를 1막에서, 이제 병이 다 나은 누이의 모습을 2막에서 묘사하고 있는 「누나의 병」은 남매간의 따뜻한 우의를 그려낸 작품이 된다. 또 병이 들어 많이 아픈 소년 길동이가 어머니와 함께 어린이들의 꿈이 담긴 세계, 즉 산과 나무, 호수와 마을 등을 그리므로, 꿈을 심어주는 이야기인 「어린이 세계」는 몸이 아파 병석에 있고, 그러므로 다른 아이들과 같이 활발하게 나가서 놀지도 못하는 아이에게, 비록 그림이지만, 이 그림을 통해 상상의 나래를 펴고 또 꿈을 심어주는 동극이 된다.

즉 박의섭은 전래동화나 서양의 우화를 통해 세상의 사람들, 특히 어린이들에게 강조되어야 하는 '의리義理'를 강조하고 있는가 하면, 직접 창작을 통해 당시 어려운 현실 속에서 살고 있는 어린이들에게, 올바른 삶의 자세가 무엇이며, 이 바른 삶이 곧 새로운 희망을 우리에게 가져온다는 교훈을 담은 아동동극을 쓰고 또 제작을 했던 것이다. 그러므로 힘들고 또 어려운 현실을 살아가는 아이들에게 내일에의 희망을 주고, 또 꿈을 키워주었던 것이다.

이와 같이 박의섭은 당시 새로운 문명의 이기인 방송 매체를 통해, 한편으로는 당시 식민지 시대를 살아가는 어린이들에게 우리 민족에 대한 자부심을 심어주는가 하면, 삶의 중요한 덕목인 근면이나 의리가 얼마나 소중한 것인가를 심어주고자 노력을 했던 것이다. 그런가 하면, 당시 식민지의 삶이라는 어렵고 힘든 현실 속에서도 바른 삶을 살게 되면, 언제고 희망이 찾아온다는, 당시 어려운 현실에서 살고 있는 어린이들에게 새로운 희망과 꿈을 심어 주어주고자 노력을 했던 것이다.

나아가 이와 같은 방송동극의 내용에 자신이 직접 작사하거나 또 작곡을 한 동요, 또는 당시 쟁쟁한 문인이나 음악가들인 방정환, 정인섭, 윤극영, 정순철 등이 작사하고 작곡한 동요를 사이사이 삽입하므로 이를 청취하는 어린이들로 하여금 꿈과 희망을 매우 정서적으로 고취시키고 있음을 볼 수가 있다. 즉 박의섭은 자신이 지닌 예술에의 재능을 십분 살려 방송동극을 제작하고, 이를 통해 어린이들에게 꿈과 희망을 준, 어린이 운동 선구자의 한 사람이라고 하겠다.

5. 결론

본 글은 박의섭이라는 전혀 알려지지 않은 1930년대에 활동을 하던 방송동극 작가와 그가 남긴 작품에 대한 연구이다. 광복 이전의 관련 자료가 전혀 보관되어 있지 않은 현실에서 15편이나 되는 1930년대 방송대본을 발견하였다는 것은 그것만을 가지고 자료적인 가치를 지니기에 충분한 것이 아닐 수 없다.

박의섭은 그의 나이 20대 초반에 불과 5년이라는 길지 않은 시간을 매우 활발하게 방송인으로서 활동하며, 15편이라는 많은 작품을 쓰고 또 경우에 따라서는 연출이나 효과까지 맡아 방송동극을 진행했던 인물이다. 천도교의 4세 대도주인 박인호의 장손이고 또 독립운동가의 아들인 박의섭은 어린 시절부터 천도교 대교당이나 기념관에서 벌어지는 여러 형태의 예술을 접하며 성장한다. 특히 천도교인이며 우리나라 어린이 운동의 선구자인 방정환으로부터 직접 지도를 받으며 예술에의 꿈을 키워나간 소년이기도 하다.

이와 같은 박의섭은 나이 20에 이르러 성우로 방송국과 인연을 맺게 되고, 이내 방송동극 작가로 활발하게 활동을 한다. 성우로서의 출발은 그가 지닌 재능에 의한 것이기도 하겠지만, 박의섭이 어린 시절 감명을 받았던, '방정환의 동화 구연'이 그 중요한 계기가 되었을 것으로 생각된다.

성우로 방송국과 인연을 맺은 박의섭은 연출가로서 그 활동의 범위를 넓혀가고, 이내 방송작가로 자리 매김을 하게 된다. 이와 같은 방송에의 매진과 함께 박의섭은 '백합어린이회'를 결성하여[21] 방송동극 제작에 보다 구체적으로 관여를 한다. 이러한 활동 중 매우 높이 살 수 있는 사실은 박의섭이 비록 짧은 기간의 활동이었지만, 방송동극의 폭을 보다 넓히고 또 다양화하기 위하여 많은 실험과 노력을 했다는 사실이다, 즉 박의섭은 '동요극', '라디오 여행', '소년 소설', '동화극' 등의 다양한 타이틀을 부치고, 이를 구체화하려고 노력을 하게 된다. 그러므로 방송동극의 내적 확대를 기했던 것이다. 이러한 노력은 궁극적으로 방송동극이라는 장르를 통해 보다 폭 넓게 자신의 예술세계를 펼치는 계기를 마련하는가 하면, 청자인 아동들에게 어떻게 하면 보다 효과적으로 전달할 수 있는가 하는 작가, 나아가 연출자로서의 노력과 고뇌가 담겨진 모습이라고 하겠다.

이와 같은 박의섭의 방송동극은 식민지 시대라는 암담하고 힘 든 시대를 살고 있는 어린이들에게 우리나라의 역사나 민속, 또는 우리 고유의 풍속 등을 일깨워주고, 이를 통해 우리에 대한 자긍심을 심어주기도 하였다. 나아가 어려운 현실 속에서 살고 있는 당시의 어린이들에게 바른 품성을 심어주기도 하였으며, 이들로 하여금 내일에의 꿈과 희망을 갖게 했던 것이다. 이제 새로운 세계로 막 눈을 뜨고 있는 소년, 소녀들, 더구나 식민지라는 불행의 삶을 살고 있던 당시의 그들에게 새로운 전파 매체인 방송을 통해서 진행되었던 박의섭의 방송동극은 이들 식민지 시대의 어린이들로 하여금 상상과 꿈의 세계로 이끄는 흥미로우며, 또 중요한 장이 되었던 것은 자명한 일이 아닐 수 없다.

천도교의 2세 교주인 해월海月 선생의 가르침을 이어 어린이 운동을 펼쳤던, 어린이 운동의 선구자 방정환[22]이 동화 구연, 동화, 동요 등의 창작을 통해 실천적으로 어린이 운동을 펼쳤다면, 박의섭은 이 정신을 이어, 동화와 동요 등을 방송 매체에 담아 동극으로 꾸미므로, 당시 어린이들에게 꿈과 희망을 심어준, 방정환 정신을 실천한, 어린이 운동 후계자의 한 사람으로, 그 평가를 받아 정당하다 할 것이다.

주석 ──

* 본 글은 『한국언어문화』 37집(한국언어문화학회, 2008년 12월 30일)에 게재된 논문임

1 이내수, 『이야기 방송사』, (씨앗을 뿌리는 사람, 1999.) 123쪽.

2 이내수, 앞의 책, 167-168쪽.

3 당시 『동아일보』나 『조선일보』 등의 보도에 의하면, 살해 동기도 없고, 매우 계획적인 것 등을 미루어 어떠한 사주에 의한 것이라는 보도를 하고 있음. 특히 범인인 서을봉(徐乙鳳)을 법원에서는 살인죄로서는 가장 경형(輕刑)인 15년을 구형한 것으로 미루어 범행 동기를 짐작할 수 있다는 보도를 하고 있다.

4 박의섭 옹의 2006년도 증언.

5 1941년 봄 경성방송국의 기술국 조사과의 성기석이 손수 만든 단파수신기로 방송을 듣다, 중경임시정부의 우리 말 방송을 듣게 된다. 이를 계기로 미국 샌프란시스코에서 방송되는 '미국의 소리(VOA)' 등을 들으며 일본의 전황에 대한 방송이 거짓임을 알게 된다. 그러나 1942년 12월 24일 문제의 단파방송이 일제 경찰에 발각되고, 많은 방송인들이 고초를 겪게 된다.(이범경, 『한국방송송사』, 범우사, 1994. 195-297쪽)

6 박의섭의 방송동극 대본은 아직 인쇄 매체로 발간된 적이 없는, 모두 펜으로 직접 쓴 원본들이다.

7 '戊寅滅倭祈禱' 란 천도교 구파가 전국의 교인들에게 일제의 패망을 기원하는 기도를 하는 한편, 일제가 전쟁에서 패망한 이후 주권을 찾기 위해서 필요한 자금 마련을 위하여 전국을 네 구역으로 나누어 비밀리에 모금운동을 한 사건이다. 이 사건이 戊寅年인 1938년 2월 17일 일경에 발각되므로 천도교의 중요 보직자들이 일제 검거가 되고, 또 세상에 알려지게 되었다.(『매일신보』 1938년 5월 1일자)

8 '천도교 중앙대교당' 은 천도교 3세 교주인 의암 손병희에 의하여 건축된 것으로 1922년에 완성된다. 당시 서울 시내에 높은 건물이 없던 때이기 때문에 명동 쪽의 천주교 성당과 천도교의 중앙 대교당이 서로 서울 시내를 가운데 두고 서로 마주 보고 서 있었다고 한다.

9 김영식, 「동화 처럼 떠나간 식민지 아이들의 산타 소파 방정환」, 『신동아』, 2008년 5월호.

10 이와 같은 기록은 '이동초 편, 『천도교 대교당 50년 이야기』(모시는 사람들, 2007.)' 에서 확인할 수가 있다.

11 『동아일보』 1925년 7월 30일자

12 1925년에서 1928년 사이에 발행된 『동아일보』, 『시대일보』, 『중외일보』 등에는 취운소년회

에서 많은 동화 작가나 음악인들을 초청하여 '동화 발표회' 나 '어린이를 위한 음악회' 를 열었음을 보도하고 있다.

13 이 당시 翠雲亭에 모여서 방정환의 지도를 받으며 놀던 어린이들이 60대 70대가 되어서 '翠雲會' 라는 친목단체를 천도교인끼리 만들어 친목을 도모하기도 하였다.(박의섭 옹, 정운관 옹(1917년생)의 증언)

14 박의섭 씨의 장남 박기성 씨의 증언

15 박의섭이 출연한다거나 연출을 한 방송은 제2방송이 된다. 일제는 1933년부터 이중방송을 시작하고, 이어 방송심의회를 두어 제출된 내용을 검토하는 시스템을 마련한다. 또한 단일 채널 시대에 조선어와 일본어를 번갈아 하거나 격일제로 방송하던 방법과는 다르게 제1방송은 일본어로, 제2방송은 조선어로 방송을 하게 된다. 특히 제2방송은 교양, 연예, 어린이 시간, 라디오 학교 등의 프로들을 두어 운영한다.(이범경, 『한국방송사』, 범우사, 1994. 156-167쪽) 이러한 제2방송에 박의섭은 적극 참여를 했던 것이다.

16 『동아일보』, 1938년 2월 6일자 '오늘 밤 라디오'.

17 이때 박의섭은 '김순정' 이라는 이름을 사용한다. "김순정" 이란 藝名 또는 異名을 사용한 것은 우리나라도 이 분야에 여러 사람들이 활동하고 있다는 것을 일본인들에게 보여 주기 위한 것으로, 일본에 다소 저항적인 의미가 이에는 있다. 당시 일본인 아동극 작가가 많아 우리 수준을 얕볼까 해서 의도적으로 異名을 사용했다고 본인이 직접 증언한 바 있다.

18 『동아일보』 1939년 12월 11일자.

19 3월 12일 제2방송 프로그램.

20 1929년 11월 10일자 『동아일보』에, '20세기는 과학문명의 시대이다. 몇 천리 몇 만리 밖에서 말하는 육성과 동작하는 형용을 그대로 들을 수 있고 볼 수도 있는 세상이니 옛날에 몇십 리나 몇백 리 밖에 있는 사람의 육성이나 소식을 들으려면 몇 달 몇 해씩을 벼르고 별러야 뜻같이 되지 않는 때에 비하여 얼마나 놀라운 세상이냐? (중략) 정동 마루터기에 우뚝 솟은 경성방송국은 청신자 8,700명을 갖고 매일 순서대로 방송하는 것이니 이것이 조선 안에 음률과 기타 여러 가지를 전파로 듣게 하는 대본영이다.' 라는 감격어린 기사는 당시의 방송에 대한 반향을 읽을 수 있는 부분이다.

21 박의섭 옹의 증언에 의하면, '백합어린이회' 가 결성된 것은 자신이 방송국에 입사한 지 1년이 지난 1937년 2월이다. 박의섭은 이 백합어린이회의 결성을 계기로 매우 활발하게 방송 동극을 쓰고, 또 연출을 하는 등의 활동을 하게 된다.

22 이에 관해서는 졸고, 「천도교의 가르침과 어린이 운동」(『동학학보』 제9권 2호, 2005.12.)에서 상론하고 있음